Conception graphique : Sandrine Granon

© 2010, Éditions Albin Michel - 22, rue Huyghens - 75014 Paris
www.albin-michel.fr
Dépôt légal : septembre 2010
Numéro d'édition : 19028/2- ISBN : 978-2-226-20932-0
Loi n°49-956 du 16 juillet 1949 sur les publications destinées à la jeunesse
Imprimé en France par Pollina - L57949

Claudine Desmarteau

Le petit Gus

Albin Michel

À René Goscinny et Jean-Jacques Sempé,
qui m'ont donné envie d'écrire et de dessiner.

Ce livre est un hommage au *Petit Nicolas* que j'ai adoré quand j'étais enfant. Bien que je n'aie pas la prétention de me comparer aux auteurs de cette œuvre culte, l'envie m'est venue de faire vivre mon *Petit Gus*, car même si les souvenirs d'enfance ont une saveur intemporelle et universelle, les cours de récré et le monde ont bien changé depuis *Le Petit Nicolas*.

Moi, c'est Gus. En fait, je m'appelle Gustave, tout ça parce que les vieux prénoms moches étaient à la mode le jour où je suis né. J'aurais préféré m'appeler Brad, Bob, ou même Brian, mais je suis bien obligé de me coltiner Gustave. Le prénom, c'est vraiment important, je trouve ça injuste qu'on n'ait pas le droit de choisir de s'appeler Brad alors qu'on sait que c'est précisément LE prénom qui vous va comme un gant.

Je suis content de vous parler de moi. J'ai plein de trucs rigolos (enfin, plus ou moins rigolos) à vous raconter, mais ce qui m'ennuie, c'est que je vais être obligé de dire un peu de mal de mes parents et de ma famille parce que ce sera la vérité vraie. Si j'étais mytho, je vous raconterais que ma mère est grande, blonde, avec une grosse bouche gonflée, que mon père a des biceps et des tablettes de chocolat, des dents blanches et plein de cheveux ; qu'on habite dans un château avec deux

Maman et Papa

piscines, quatre voitures et un chauffeur par voiture. Ça vous ferait rêver et même un peu baver mais je trouverais ça normal que vous soyez jaloux de moi.

Rassurez-vous, ma mère est petite, brune, et elle fait un régime. Mon père, il n'est ni grand ni petit, plutôt moyen en fait. Oui, c'est ça, il est moyen et il perd ses cheveux (et ça l'énerve). Il a tout essayé pour « ralentir la chute », comme ils disent sur la bouteille de shampooing. À mon avis, c'est pas très concluant : son front continue de s'agrandir. Un jour, il a voulu cacher l'agrandissement de son front en coiffant ses cheveux en avant, mais c'était vraiment moche, ces petites mèches filasse plaquées sur le crâne, alors je lui ai dit et j'ai bien vu que ça le vexait. Il s'est mis à m'engueuler sous prétexte que ma chambre était mal rangée et il a donné un grand coup de pied dans mon dinosaure en Lego. J'ai pleuré et ma mère a grondé mon père, ils ont commencé à crier et les portes ont claqué. Voilà ce qui arrive quand on veut rendre service à quelqu'un qu'on aime bien en lui disant la vérité vraie. Donc, maintenant, je ne fais plus aucune remarque sur sa coiffure (si on peut appeler ça une coiffure).

À part ça, on n'habite pas dans un château mais dans une petite maison avec un petit jardin. Toutes les maisons autour de la nôtre sont exactement pareilles, comme ça il n'y a pas de jaloux (en tout cas, pas à cause de la maison). J'ai 10 ans. Ma grande sœur de 14 ans s'appelle Delphine (comme je vous le disais, mes parents adorent les moches vieux prénoms), et mon grand frère de 17 ans, Romain. J'ai aussi un

Delphine   Romain

grand-père, un papy et une seule mamie parce que ma grand-mère (celle qui allait avec le grand-père) est dessoudée, euh… décédée je veux dire, avant ma naissance.

Il arrive parfois que mes parents critiquent Papy, Mamie ou Grand-Père, mais jamais ma grand-mère morte. Ça console tout de même un peu de savoir qu'en mourant on perd tous ses défauts et que les gens n'ont plus que du bien à dire sur vous. Et j'ai même une arrière-grand-mère, très très vieille : encore plus vieille que le pape, quelque chose dans les 94 ans et des

Grand-Père

Papy et Mamie

bananes. Elle a du mal à lire, à écrire, à marcher, et souvent ses mains toutes maigres se mettent à trembler. Moi, je l'aime bien, Grand-Mamie, ça ne me plaît pas quand Papa l'appelle « la Ruine ». Parfois, il dit même « la Ruine de la Sécu ». Un jour, je lui ai demandé d'expliquer pourquoi et il m'a répondu que c'était parce qu'elle était très âgée et que c'était un surnom affectueux mais qu'il valait mieux que je ne lui répète pas.

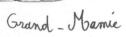

Grand-Mamie

À la maison, il y a un chat, enfin plutôt une chatte, qui s'appelle Monica. On lui a donné ce prénom parce que Papa adore Monica Bellucci, et comme il n'aime pas trop les chats on s'est dit que ça pourrait l'aider à changer d'avis et que même parfois il aurait envie de lui faire une petite caresse. On a adopté Monica quand elle était une boule de poils riquiqui. Je lui donnais du lait dans un biberon de poupée parce que sa mère faisait rien que de s'amuser avec tous les matous du quartier au lieu de s'occuper de ses mignons chatons affamés. Au début, Monica était une adorable petite chatte qui traversait le salon à fond la caisse pour grimper aux rideaux avec les yeux écarquillés et les oreilles en arrière (c'était toujours en descendant qu'elle faisait le plus de dégâts). Après, elle sautait partout comme si elle avait un ressort sous les pattes, elle marchait en crabe sur le côté et elle me léchait le nez. Et puis Monica a grandi et elle a moins joué avec moi mais plus avec les matous du quartier.

Les matous, ils changent de femme comme ça leur chante et ça ne les dérange pas du tout de fricoter avec la fille de leur copine. Je suis sûr que c'est même arrivé que Monica se fasse draguer par son père. Franchement, moi je trouve ça un peu choquant, mais c'est la vie des chats. Ils n'ont pas de lois pour leur dire ce qui est bien et ce qui est mal. Pas de prison, rien… Au lieu de se battre au tribunal avec des avocats, ils se crachent au museau en faisant la grosse queue et le gros dos. Ils peuvent carrément aller jusqu'à déchiqueter l'oreille de leur adversaire, voire lui crever un œil sans avoir d'amende ou de punition. Y a pas de police des chats.

Bref, Monica a commencé à traîner avec les matous, et une fois elle n'est pas rentrée dormir à la maison. Ils ont fait un boucan d'enfer cette nuit-là, Monica et sa bande, et juste sous ma fenêtre, en plus. Ça crachait, ça grondait, ça criait, ça miaulait, tellement fort que j'ai cru que ces racailles étaient en train de faire la peau à Monica. Alors j'ai voulu sortir en pyjama dans le jardin pour la sauver mais ma mère m'a expliqué que c'était la parade amoureuse des chats et que Monica était très contente de se faire mordre le cou par tous ces mâles. Mouais… Moi je trouvais ça plutôt louche comme parade amoureuse et j'ai pas fermé l'œil de la nuit.

Quelque temps plus tard, le ventre de Monica s'est mis à grossir et j'étais surexcité à l'idée d'avoir bientôt un tas de petits minous adorables qui feraient les fous dans les rideaux du salon. Mais cette histoire de gros ventre rempli de chatons a occasionné pas mal de disputes. Papa a dit qu'il était hors de question qu'on les garde. « Et on va en faire quoi, alors ? » j'ai demandé. Et il a répondu « C'est simple, on va les tuer, je ne veux pas de ces sales bêtes à la maison ».

Le choc ! Un jour, vous découvrez que votre père est un assassin, ça fait tout drôle, croyez-moi. « T'es fou, on va pas les tuer ! » j'ai crié, puis j'ai pleuré, des litres et des litres de larmes. Maman a grondé Papa et il a jeté sa serviette par terre en disant qu'il n'aurait jamais dû accepter d'adopter Monica, qu'il s'était fait avoir une fois de plus et que cette sale chatte ne ramenait que des emmerdements et des poils sur le canapé ; ça m'a fait encore plus pleurer, mais c'était le contraire pour mon grand frère Romain qui s'est mis à ricaner. Ça m'a énervé et j'arrivais plus à m'arrêter de pleurer, alors que Romain n'arrivait plus à s'arrêter de rire. Papa s'est levé et la porte a claqué. Après ça, Maman a essayé d'arranger les choses et elle est venue me voir dans ma chambre où je boudais pour me dire qu'il fallait que je m'occupe de trouver des parents pour les chatons de Monica. Une sacrée mission, vous n'avez pas idée ! D'abord, tous mes copains étaient d'accord pour en adopter un. J'ai même fait une liste. Arthur, Victor, Romane, Aboubakar, Ahmed, Sofiane, Rachid, Goundo, Alice et Jamila : ils voulaient tous un chaton et je leur ai dit que j'étais pas sûr qu'il y en aurait pour tout le monde. Le soir, j'ai tâté le ventre de Monica (elle m'a griffé la main, la saleté) et j'en ai conclu qu'il en contenait au moins huit. Mais le lendemain, mes copains avaient parlé des chatons à leurs parents et ils n'étaient plus tellement chauds pour en prendre un. Peut-être Arthur, mais encore, pas certain du tout… J'ai commencé à me sentir vraiment angoissé à l'idée de me retrouver avec huit bébés sur les bras. Je leur ai expliqué que s'ils ne les adoptaient pas, ils auraient leur mort sur la conscience et que c'était horrible de vivre avec ça. Je voyais bien qu'ils étaient mal à l'aise, mais à ce moment-là, il y a eu un drame dans la cour de récré : Ryan a encore renversé un petit de CP. Ryan, il est en CM2, il a 13 ans, il pèse 80 kg et il est déjà plus grand que mon père. J'irai pas jusqu'à dire que Ryan est méchant, mais il traverse toujours la cour de récré comme un taureau sans regarder en dessous de lui si un humain croise sa route. Et souvent, y a collision. Ryan rentre de plein fouet dans un petit élève qui roule par terre alors que Ryan reste debout. « J'l'ai pas fait exprès, m'dame » : il dit ça à chaque fois, Ryan.

Et voilà, maintenant, c'est le branle-bas de combat. Le petit élève s'est cogné la tête par terre et il tremble. Toutes les maîtresses sont scotchées autour de lui, la directrice parle d'appeler les pompiers. Le petit est toujours couché au sol et ça commence à m'inquiéter, j'aime pas ça du tout, on dirait qu'un gros nuage de peur s'est abattu sur la cour et le ciel paraît tout sombre. Finalement, les pompiers arrivent et emmènent le blessé sur un brancard. Moi, j'ai l'impression que je me mets à trembler un peu aussi. Tout le monde se fout de mes chatons et moi aussi d'ailleurs, je ne pense qu'au petit de CP allongé sur le brancard et je me demande s'il va mourir, juste parce qu'il a croisé Ryan à la mauvaise seconde au mauvais endroit, et je trouve que la vie c'est pas juste et beaucoup trop dangereux.

J'ai très mal dormi et fait des mauvais rêves tellement tarabis-cotés que je préfère pas vous les raconter, en plus ça m'arrange de les oublier le plus vite possible.

Ma mère m'a trouvé blanc au petit déjeuner, elle m'a demandé si je me sentais bien et s'est précipitée sur mon front pour voir s'il était chaud. Il n'était pas du tout chaud mais elle a quand même insisté pour prendre ma température. Je lui ai dit que tout allait bien et que ça irait encore mieux quand j'aurais dégoté des parents aux chatons de Monica.

Je n'ai pas raconté l'accident de la cour de récré à Maman parce qu'elle se serait mise à trembler elle aussi. Elle m'aurait dit de faire très attention à Ryan et même à tous les autres enfants et que ce serait plus prudent de rester travailler dans la classe à l'heure de la récréation parce que le foot c'est dangereux, courir c'est dangereux aussi, traverser la rue c'est dangereux,

j'ai pas de fièvre !

descendre l'escalier c'est dangereux, et que le monde est plein de Ryan qui vous foncent dessus, c'est pour ça qu'il vaut mieux ne pas bouger de chez soi et regarder la pluie tomber. Peut-être que j'aurais fini par aller à l'école avec un casque.

On ne peut pas tout dire à ses parents, c'est comme ça.

Arrivé à l'école, j'ai cherché partout le petit élève de CP dans la cour et j'ai essayé d'avoir de ses nouvelles. On nous a dit qu'il était à l'hôpital (mais pas mort, ouf !).

Ryan, par contre, il était là et avait l'air d'aller très bien. À chaque fois qu'il renverse un élève, Ryan est convoqué dans le bureau de la directrice et elle lui dit « Je ne suis pas contente, Ryan, ça ne va pas pouvoir continuer comme ça. La prochaine fois, je prendrai des sanctions » et Ryan répond « Oui m'dame, je sais m'dame, je ferai attention m'dame » et il ressort du bureau en baissant la tête. Il fait attention le jour où il s'est fait engueuler, et le lendemain il recommence à traverser la cour comme un taureau de 80 kg. Enfin, l'année prochaine, il ira faire son taureau au collège et on sera bien débarrassés. À moins qu'il redouble une troisième fois son CM2. Faudrait quand même pas qu'il prenne racine, Ryan, parce qu'il devient de plus en plus grand et de plus en plus gros, et si ça continue comme ça il traversera la cour comme DEUX taureaux et il renversera deux petits de CP à chaque collision.

Bon, j'avoue que je ne suis pas très avancé pour fourguer mes chatons. On dirait carrément que mes copains ont oublié qu'ils m'avaient promis d'en prendre un. Les lâcheurs ! Du coup, j'ai décidé de leur faire signer un papier : nom, prénom, motif de l'adoption, etc. Avec tout ça, je n'ai plus du tout le temps de jouer au foot ni à rien d'autre parce que je passe mon temps à chercher des adopteurs. J'ai demandé à toute la classe. Marine m'a dit oui, mais quand j'ai voulu lui faire signer mon papier, elle m'a tourné le dos. Lucas, il a déjà un lapin (sale et idiot, qui lâche des petites crottes noires partout, alors qu'un chat c'est propre et intelligent). Je lui ai proposé de fourguer son lapin au fils du boucher, mais il a dit « T'es malade ? ». Non, je suis pas malade, juste énervé, en fait. Pour tout dire, c'est une sale journée.

Kevin m'a donné un coup de pied dans le tibia. Kevin, c'est un copain, il est vraiment sympa, mais il distribue tout le temps des coups de pied, et aussi des coups de poing parfois. On dirait qu'il peut pas s'en empêcher. Quand il dit bonjour, au lieu de serrer la main ou de taper gentiment sur l'épaule, il file un coup de poing dans le ventre, comme ça, pour rigoler. Moi, ça m'énerve. Au début, je disais rien, mais un jour j'ai répondu « Arrête ! », et comme il arrêtait pas, j'ai fini par lui envoyer un coup de poing dans le pif. Et là, la maîtresse s'est retournée et m'a vu, alors je lui ai dit que Kevin m'avait d'abord donné un coup de poing dans le bide, mais elle m'a  répondu qu'elle ne voulait pas le savoir et que j'allais copier cinquante fois « Je ne frapperai plus mes camarades ». Je trouve ça vraiment dégueulasse : Ryan, lui, il a rien copié du tout, alors que si on lui demandait de recopier cinquante fois « Je ne traverserai plus la cour comme un taureau », on serait tranquille pendant un bon moment parce que ça lui prendrait plusieurs jours de faire ça proprement.

Je suis rentré de mauvais poil à la maison. Mes parents travaillent tous les deux. Après l'école, on est seuls pendant quelques heures, moi, ma sœur Delphine et mon frère Romain. Delphine, elle écoute du rock à fond dans sa chambre et elle saute partout en lançant son écharpe en l'air. Elle est super fan de Nirvana, un groupe mort le siècle dernier. Y a du Nirvana partout sur ses murs. Elle ne supporte pas que je rentre dans sa chambre sans avoir frappé. Non mais, pour qui elle se prend, celle-là ? On est chez le ministre du Rock, ou quoi ?

Là, je fais exprès de rentrer sans frapper et évidemment elle est en train de sauter en l'air en chantant n'importe quoi (elle fait semblant de comprendre les paroles en anglais, mais quand je lui demande ce qu'il chante, le Nirvana, elle me crie de lui foutre la paix et de retourner dans ma chambre parce qu'elle a plein de devoirs et que j'ai pas intérêt à la déranger sinon ça va barder pour ma gueule).

Je ressors de sa chambre en claquant la porte, je commence à faire mes devoirs par terre dans le couloir et Monica vient se coucher avec son gros ventre sur mon cahier de maths, juste sur l'exercice de géométrie (je déteste la géométrie, je trace toujours des droites de traviole et y a plein de marques de doigts sur mes schémas). Alors je décide de laisser tomber les devoirs pour jouer à mon jeu préféré sur l'ordinateur. C'est un jeu de combats stratégique. Moi, je suis un Seigneur et Maître, je dois zigouiller tout un tas de monstres avec une grosse épée. J'ai même une armée entière qui m'obéit et qui me dit « Oui, Seigneur », « À vos ordres, Seigneur », « Ma vie pour la horde », « Vous dire, moi faire », etc. Bref, c'est moi qui commande et c'est vachement bien comme jeu.

Mais Romain choisit pile ce moment pour rentrer du lycée. Il me tapote la tête en me disant avec sa grosse voix qu'il a

besoin de l'ordinateur pour faire son exposé de géographie.
J'ai horreur de cette grosse voix grave. Avant il avait une voix
normale, il jouait avec moi aux Lego et on rigolait bien tous
les deux, mais depuis qu'il a changé de voix il est de plus en
plus idiot. Son exposé de géographie, tu parles! Il va encore
passer une heure sur MSN à écrire des âneries bourrées de
fautes d'orthographe, comme dirait Papa, du genre :

– t la ?

– oué

– tu fé koi ?

– ri1 é toi ?

– sa fé chié set xposé
de géo

– tu la di boufi

– é sinon sa va ?

– aten fo que jaille
picer je revi1

– ayé ta picé ?

– oué sa va mieu
Bon, ben voilà, j'ai
plus qu'à aller bouder
dans ma chambre.

… Et dans ma chambre, j'ai même pas la télé. Dans le plus pourri des hôtels, y a des cafards, des taches de gras sur les rideaux, de la moquette qui sent les pieds, mais TOUJOURS une télé. Je le sais parce que Ahmed il habite dans un hôtel avec des cafards et il a la télé quand même. Bon, d'accord, elle est pas dans sa chambre : il n'a pas de chambre, Ahmed. Ses trois frères et ses deux sœurs non plus. Ils dorment tous dans la même pièce : Ahmed, sa mère, son père, ses trois frères et ses deux sœurs.

Ahmed, il est du genre agité comme garçon. Il a tout le temps des mots de la maîtresse dans son carnet de correspondance parce qu'il ne fait jamais ses devoirs. Je le comprends, Ahmed. Déjà qu'ici c'est pas facile de faire ses devoirs quand la grosse Monica vient se vautrer sur mon cahier de géométrie et que Nirvana hurle exprès pour me déconcentrer, j'imagine ce que ça doit être chez Ahmed. Moi, si je devais vivre tout le temps dans la même pièce que Delphine, Romain, Monica, Nirvana, mon père et ma mère, je deviendrais malade de chez fou ! J'aurais envie de tuer Nirvana, c'est sûr. Bref, tout ça pour dire que j'ai beau répéter à mes parents que presque tous mes copains ont une télé dans leur chambre, ils répondent toujours « C'est hors de question ». J'appelle ça être borné.

Chez Fabien, il y a cinq télés : une grosse télé dans le salon, une moyenne télé dans la salle à manger, une petite télé dans la chambre des parents, une télé bleue dans la chambre de Fabien et une télé rose dans la chambre de sa sœur. C'est très gai, il y en a toujours au moins une d'allumée, même qu'un jour on est allés dîner chez eux, moi et mes parents, et la télé était allumée pendant tout le repas (mais sans le son). C'était une émission que j'aime bien mais que j'ai pas le droit de regarder à la maison, avec des filles et des gars en débardeurs et en shorts sur une île déserte. Ils ont rien à manger et ils doivent participer à des jeux trop rigolos : par exemple, sauter par-dessus des troncs d'arbres avec un sac de ciment sur le dos, ou rester debout sur un seul pied en plein soleil pendant une heure, ou manger des vers vivants (comme ils ont super faim, ça tombe bien). Ça dure plusieurs semaines et ils sont de plus en plus maigres et de plus en plus énervés, alors ils se détestent de plus en plus, c'est trop marrant.

Donc, c'était cette émission qu'on regardait chez les parents de Fabien en mangeant du rôti de porc. Fabien et moi, on n'arrêtait pas de rigoler et de faire des commentaires sur les images, et les parents de Fabien nous disaient tout le temps « chut » et re-« chut ». Vu ce qu'ils avaient à se raconter, les parents, on aurait aussi bien pu remettre le son.

D'ailleurs, je préfère aller manger chez Fabien sans mon père et ma mère, parce que là, on regarde la télé avec le son ; le jeu

où des gens doivent choisir d'ouvrir des boîtes. Dans certaines boîtes, il y a beaucoup d'argent, et dans les autres, rien du tout. Ça a l'air complètement idiot, comme ça, un jeu où il faut juste ouvrir des boîtes, mais il faut être super fort pour arriver à deviner celle qui est bourrée de fric. Parfois, le candidat tombe sur une boîte riche, il est tout joyeux et il fait des gestes comme les joueurs de foot qui ont marqué un but. Par contre, quand il tombe sur une boîte pauvre, il est vert. Souvent même, il pleure et la caméra fait un gros plan sur les larmes qui coulent, avec une musique de violons tristes, mais en fait c'est marrant à voir.

Moi aussi, j'aimerais bien qu'on regarde le jeu des boîtes en mangeant, mais mon père ne veut pas, il dit toujours « Quand on mange, on mange ». Je trouve ça idiot, comme phrase. Vu que la télé n'est pas allumée, on s'ennuie (c'est pas intéressant de manger), alors pour se distraire un peu, on parle, forcément. Et c'est là que ça se gâte. Parce que Papa demande à Romain s'il a eu des notes aujourd'hui. Et Romain répond que non, enfin p'têt qu'il en a eu mais il s'en rappelle pas. Papa devient tout rouge et il hurle en postillonnant « Comment ça, tu ne t'en rappelles pas ! Tu veux que je te rafraîchisse la mémoire ? ».

Romain, il ramène souvent des notes à un seul chiffre, je pense que c'est pour ça qu'il préfère les oublier le plus vite possible. Un jour, Papa a lu une rédaction de Romain et après il était très énervé. Il disait que c'était écrit en MSN et que, puisque c'était comme ça, Romain n'aurait plus le droit de toucher à l'ordinateur ; que c'était lamentable d'être aussi nul en orthographe, qu'il était mou comme un chewing-gum mâché et feignant comme un paresseux, qu'il n'avait aucune volonté et qu'il n'arriverait jamais à rien dans la vie. Il ne pouvait plus s'arrêter de crier, Papa, et Romain avait envie de pleurer. Ça me faisait pitié, j'avais envie de supplier Papa de se taire et de consoler Romain qui est parti dans sa chambre pour pleurer tranquille tout seul.

Je trouve ça drôle de regarder pleurer les candidats qui tombent sur la boîte pauvre à la télé, mais quand je m'approche de la chambre de Romain et que j'entends des grands sanglots et des gros reniflements, ça me rend tout triste et je n'ose pas frapper à sa porte parce qu'il risque de gueuler « DÉGAGE ! » et que je n'ai rien d'intelligent à dire pour lui remonter le moral à part qu'il a peut-être une chance de tomber sur la boîte riche s'il va jouer à la télé. Alors je reste là, planté devant la porte, et tout le monde est sinistre à la maison.

Maman s'essuie les yeux, Delphine se réfugie dans son Nirvana et Papa se passe la main dans les cheveux comme s'il avait peur qu'ils soient tous tombés d'un seul coup parce qu'il a trop crié sur Romain.

Voilà ce qui peut arriver quand on mange sans regarder la télé. Bref, tout ça pour dire que j'ai pas la télé dans ma chambre.

Kevin, lui, il l'a. Tous les soirs, il mate des séries américaines vachement tard avec des docteurs qui découpent des morts pour trouver des indices, et après le toubib les analyse, et hop, il déniche le coupable. Suffit d'examiner tout ça au microscope et de dégoter la peau de l'ADN. Fastoche. Un jour, je suis allé dormir chez Kevin et on a regardé un épisode d'une série avec des cadavres qui se font découper. C'est horrible mais c'est génial : on voit la cervelle avec le trou de la balle que le mec s'est prise dans la tête, et le toubib, il sort la balle avec une pince à épiler et il la zieute tranquillement comme si c'était un Lego, mais il a même pas envie de vomir, y a une musique de rock et ils sont tous vachement sérieux et carrément experts en cadavres. Maintenant, Kevin se prend pour un toubib du FBI et il découpe des cloportes avec une paire de ciseaux pour les analyser sous une loupe. C'est pour ça qu'on l'appelle Docteur Kevin. Au moins, quand il s'occupe de ses cloportes, il me donne pas de coups de pied ni de coups de poing.

Bref, tout ça pour dire que j'ai pas la télé dans ma chambre, et que, quand je boude, j'ai rien d'autre à faire que de bouder et je m'ennuie, alors je boude parce que je m'ennuie.

Le ventre de Monica est énorme et je n'ai toujours pas trouvé de parents pour les chatons. Donc je suis angoissé. Premièrement parce que j'ai pas envie de me coltiner un père assassin. Deuxièmement parce que j'ai peur que Monica accouche pendant que je suis à l'école, sans me prévenir.

En ce moment, c'est chouette, parce que notre maîtresse fait un stage et que la remplaçante est malade et que le remplaçant de la remplaçante est en grève. Du coup, on ne travaille pas du tout. Aujourd'hui on a regardé un dessin animé mais Kevin s'ennuyait parce qu'il y avait pas de cadavres dans cette histoire, alors il a commencé à donner des coups de pied à Alice, qui s'est mise à pleurnicher, et ça énervait Julien parce qu'il n'entendait plus ce que disait la princesse au chevalier, alors il a giflé Alice qui a hurlé comme une sirène de pompier et tout le monde se bouchait les oreilles. Lucas a filé un coup de coude à Rachid sans faire exprès mais Rachid lui a balancé un grand coup de poing dans le pif et Lucas s'est mis à saigner du nez et à pleurer. Ça criait tellement fort de tous les côtés qu'un surveillant a passé la tête par la porte pour voir ce qui se passait. Il a arrêté le dessin animé et on s'est tous retrouvés dans une classe à copier « Je ne frapperai plus mes camarades » cinquante fois. Ras-le-bol de recopier cette phrase, ça sert à rien. La preuve, c'est que Kevin il a dû la recopier au moins mille fois et il écrit toujours *fraperai* avec un seul *p*. Finalement, je préfère encore quand la maîtresse est là, j'ai hâte qu'elle revienne de son stage.

Elle est gentille, la maîtresse. Je l'aime bien et elle m'aime bien aussi. Elle a une voix douce, sauf quand elle parle aux éléments perturbateurs. À l'école, c'est comme ça qu'ils appellent les enfants qui ont du mal à rester assis, comme Margot, par exemple. Tout le monde croit que les filles sont calmes et les garçons énervés. Eh bien c'est faux, enfin, je veux dire, c'est pas toujours vrai. Margot, on dirait qu'elle est montée sur des ressorts, elle est tout le temps en train de bondir dans la classe, sous prétexte qu'elle va emprunter un bâton de colle, ou faire pipi, ou aider un camarade, ou lire de plus près ce qui est écrit au tableau.

Pour mes 10 ans, je l'ai invitée à mon anniversaire. C'était chouette : on sautait, on rigolait, on chantait et Margot s'amusait à hurler. Monica faisait la grosse queue et Maman a essayé de dire à Margot d'arrêter de brailler mais c'était impossible de crier plus fort qu'elle. La seule chose qu'on pouvait faire, c'était lui donner des malabars pour qu'elle se calme, juste le temps de les mastiquer un peu, mais après elle faisait une grosse bulle qui lui pétait dans la figure et elle avait du chewing-gum plein le nez ; elle s'excitait encore plus, alors Maman a proposé de nous faire jouer au roi du silence. C'est un jeu où le roi du silence est assis sur une chaise avec les yeux bandés ; on met un trousseau de clés sous la chaise et un des joueurs doit s'approcher et attraper le trousseau de clés sans que le roi du silence s'en aperçoive. Margot faisait le roi du silence et Victor avançait sans bruit à quatre pattes sur le parquet ; à ce moment-là, il a lâché un prout et tout le monde s'est mis à rire. Margot a arraché son bandeau et s'est jetée sur lui en hurlant « AAAAH, ÇA PUUUUE, ÇA PUE DU CUL, TU PUES DU CUL ! ». Et tout le monde se bidonnait, sauf Maman qui lui a donné un malabar neuf.

Après, on a joué à poisson pêcheur : on fait une grosse ronde de pêcheurs,

on choisit un chiffre sans le dire aux poissons et on commence à compter à voix haute « 1, 2, 3… » jusqu'au chiffre qu'on a choisi. Là, on baisse les bras pour emprisonner les poissons qui sont restés dans la ronde. C'est trop marrant. Moi, j'étais poisson ; on courait dans tous les sens et on fonçait et c'est là que je suis entré en collision avec Kevin. Il a la tête très dure,

Kevin. Ça m'a fait mal, j'étais tout blanc et j'avais plus envie de jouer à rien. Margot continuait à hurler et Maman voulait prendre ma température et arrêter l'anniversaire. Je lui ai dit que j'allais bien mais elle ne voulait plus qu'on fasse de jeux, alors on a regardé un DVD et Margot sautait sur le canapé. Ensuite on a mangé le gâteau et Margot s'amusait à cracher des miettes partout. Puis ça a été l'heure de la pêche aux cadeaux. Maman avait emballé des petits jouets qu'on devait attraper avec un crochet attaché au bout d'une ficelle. J'ai eu une mini-voiture rouge, Kevin un yo-yo, Margot un chat en porte-clés et Victor un monstre en plastique à mettre sur un doigt. Margot voulait échanger le monstre en plastique de Victor contre son porte-clés, mais lui ça l'intéressait pas du tout, alors Margot s'est mise à hurler qu'elle voulait le monstre et Maman a été chercher un rouleau de scotch et a menacé Margot de lui scotcher la bouche. C'est à ce moment-là que Papa est rentré des courses. Il a pris Maman par l'épaule et lui a dit de se calmer. Maman lui a répondu que c'était pas lui qui s'était fait exploser les oreilles par des petits démons tout l'après-midi. Papa a dit que c'était pas de sa faute s'il avait des courses urgentes à faire et Maman a répondu qu'il avait toujours des courses urgentes à faire le jour de mon anniversaire ; ils ont commencé à se disputer et on a entendu la sonnette. C'était les parents qui venaient chercher leurs enfants.

Moi j'ai dit « Déjà ? » et Maman « C'est pas trop tôt ! ». Papa faisait des grands sourires et plaisantait avec les parents qui lui ont demandé si ça s'était bien passé. Papa a répondu « Merveilleusement » et il leur a proposé de venir boire un verre dans la cuisine. Il a même débouché une bouteille de champagne. Margot criait avec sa grosse voix « J'ai mangé vingt malabars ». C'était bizarre cette grosse voix dans son petit corps et Romain, qui venait de rentrer, a dit en se marrant qu'il fallait appeler l'exorciste pour sortir tous les malabars du ventre de Margot. Son papa n'avait pas l'air content mais il a bu du champagne et après il était de nouveau content et moi aussi parce que, pendant que les parents buvaient dans la cuisine, nous on dansait en rigolant comme des fous dans le salon. Margot hurlait toujours avec une voix très aiguë pour changer un peu. Et puis les parents ont dit « Allez, les enfants, on y va », mais on a encore pu s'amuser parce que personne ne retrouvait plus ses chaussures ni son manteau, et à la fin c'est Maman qui rhabillait tous mes copains (ils n'étaient pas du tout pressés de partir). Papa a raccompagné les parents à la porte en plaisantant. Après, Maman a passé l'aspirateur et elle râlait parce qu'il y avait des malabars écrasés sur le canapé. Je lui ai dit que l'année prochaine on donnerait plutôt des

carambars à Margot et elle a gueulé très fort qu'elle ne voulait plus jamais revoir Margot dans cette maison.

Moi, je dis que les filles peuvent être des éléments perturbateurs encore pires que les garçons et qu'il vaut mieux éviter
d'inviter un élément perturbateur fille à son anniversaire.
Enfin, c'était quand même génial, dommage que ce soit passé.
Voilà à quoi je pensais en recopiant « Je ne frapperai plus mes
camarades ». Maintenant, j'ai hâte que ce soit l'année prochaine pour re-fêter mon anniversaire et j'ai hâte aussi que la
maîtresse revienne.

Et le petit de CP qui s'est fait renversé par Ryan le taureau, il n'est pas encore revenu, lui non plus. Ça commence à m'inquiéter sérieusement. Ryan est en pleine forme et il a encore fait tomber deux élèves mais ils se sont juste écorché les genoux et la directrice n'a pas été obligée d'appeler les pompiers. Comme je vous le disais, je n'ai pas raconté l'accident à Maman parce que je voulais pas qu'elle se mette à trembler comme le petit de CP, et que je sais très bien qu'elle m'aurait dit de ne plus traverser la cour de récré en courant pour éviter une collision avec Ryan le taureau. Mais j'ai quand même préféré tenir compte de ce qu'elle m'aurait dit si je lui avais raconté l'accident et j'ai décidé de jouer à des jeux plus calmes. Avec mes copains, maintenant, on s'échange nos cartes de mangas derrière un arbre, comme ça si Ryan nous fonce dessus, il se prendra l'arbre et avec un

peu de bol, c'est lui qui ira à l'hôpital sur un brancard.

Victor est tout excité avec sa carte « Vampire saigneur », mais n'empêche qu'elle est moins forte que mon « Dragon sombre aux yeux injectés ». Même que Kevin essaie de me l'échanger contre sa carte « Tombe infernale » mais elle vaut rien, sa tombe infernale, et il m'énerve, Kevin, à me secouer le manteau comme ça pour que je lui file mon dragon sombre aux yeux injectés ; il me l'arrache des mains, ça me rend fou de rage parce qu'il l'a déchiré et je suis bien obligé de l'insulter avec des gros mots que je préfère pas vous répéter mais ça lui plaît pas de se faire traiter de bâtard et d'autres noms encore bien pires que je ne prononce que quand je suis vraiment obligé parce qu'ils sont trop énormes. Alors il me file un grand coup de pied dans le tibia et un autre grand coup de pied dans le ventre, il fait un pistolet avec sa main et il me frappe le front comme s'il me tirait une balle dans la tête parce qu'il se croit dans ses séries d'experts en cadavres ; ça me fait mal et je me mets à pleurer. Une maîtresse arrive et elle gronde Kevin qui lui répète tous les gros mots que j'ai bien été obligé de lui dire. Et Kevin doit encore recopier « Je ne frapperai plus mes camarades » et moi « Je n'insulterai plus mes camarades », cinquante fois. Je me demande ce qu'ils en font, de nos feuilles de recopiage. Si vous voulez mon avis, c'est du papier gâché. Je pense que rien qu'avec les feuilles de Kevin, on pourrait tapisser tous les murs de l'école de « Je ne fraperai plus mes camarades » avec un seul *p*.

Voilà ce qui peut arriver quand on décide de jouer à des jeux plus calmes. Je rentre chez moi avec des bosses et des bleus et ça m'ennuie parce que Maman va encore me poser des tas de questions et me prendre ma température. J'ai mal au tibia et à la tête et je supporte carrément pas Nirvana. Faut qu'il arrête de brailler comme ça parce que je vais péter un plomb, comme dirait Papa quand il bricole et que tout est de traviole. Si je l'avais devant moi, le Nirvana, je lui dirais qu'il ferait mieux de s'étrangler avec une corde de guitare, parce qu'il me casse vraiment la tête. Alors je balance un grand coup de pied dans la porte de la chambre de Delphine et elle sort comme une furie et commence à crier encore plus fort que son Nirvana. Ça m'horripile tellement que je lui tire les cheveux ; elle me file une baffe et sans faire exprès je lui donne un coup dans les nichons. Elle se met à hurler comme si je lui avais coupé un bras.

J'en ai vraiment assez de tout ce cinéma qu'elle nous fait avec ses nichons, Delphine. Avant, elle jouait aux Lego avec moi et on prenait même des bains ensemble et on se marrait bien à faire des concours de tête sous l'eau, surtout quand je pétais pendant qu'elle avait la tête sous l'eau.

Mais depuis qu'elle a des nichons, rien n'est plus comme avant. Elle ne veut plus du tout jouer avec moi, ni aux Lego, ni à prendre le bain, ni rien… Elle passe son temps enfermée dans sa chambre et elle a mis un panneau sens interdit sur la porte et du scotch marron devant le trou de la serrure. Si on

entre dans la salle de bains pendant qu'elle prend sa douche, elle pousse des cris comme si on allait la tuer et personne n'a le droit de la regarder toute nue. Tout ça à cause de ce sale Nirvana. Et en plus, quand on lui fait des compliments du genre « Eh, ils ont vachement poussé, tes nichons ! », elle se fout en colère et nous interdit d'en parler. Moi, j'en ai ras-le-bol, de ces nichons à la noix, on peut ni les voir, ni les toucher, ni même en parler.

C'est top secret. On est chez le FBI des nichons, ou quoi?
Personne ne m'aime aujourd'hui, tout le monde me frappe,
alors je me mets à pleurer vraiment très fort et je dis à
Delphine qu'elle m'a giflé juste à l'endroit où Kevin m'a tiré
une balle dans la tête avec sa main. Je lui montre mes bosses
et mes bleus et elle voit bien que je fais pas du chiqué. Alors
elle coupe le son du Nirvana, elle me prend dans ses bras et
elle m'embrasse les cheveux. Moi, je lui serre la taille, et elle
me dit plein de trucs gentils en me caressant la joue et ça fait
tellement longtemps qu'elle m'a pas fait un câlin que je reste
là, blotti dans ses petits nichons. Je suis quand même content
d'avoir une grande sœur, malgré Nirvana.

En ce moment, Romain met des pantalons trop horribles. Ils sont archi étroits, complètement collés aux mollets, avec la taille tellement basse que son caleçon dépasse, même que s'il en avait pas on verrait carrément toutes ses fesses. Ça lui fait des petites cuisses de grenouille toutes maigres. Quand il marche, le pantalon descend encore plus, c'est affreux, on dirait qu'il a fait caca dans sa culotte, alors moi, je lui ai dit, parce que c'est la vérité vraie et que ça m'ennuie de le laisser se promener dans la rue comme ça et que les gens pensent qu'il a fait la grosse commission dans son slip. Si en plus il est pressé, les gens peuvent même croire que c'est parce qu'il doit rentrer tout de suite pour se laver les fesses. Il n'avait pas l'air content d'entendre ça, Romain. Il m'a regardé comme si j'étais un cafard et il m'a répondu « Pauvre minus, tu comprends rien, c'est trop *style* » (faut prononcer *style*, comme de l'*ail*).

Ben non, vraiment, j'arrive pas à comprendre comment on peut trouver ça *style* de ressembler à une grenouille malade qui a tellement la diarrhée qu'elle est obligée de mettre un pantalon très serré sur les chevilles pour pas qu'on la suive à la trace. Avant, Romain mettait des pantalons très très larges, très très longs et très très taille basse et on voyait aussi le caleçon, mais c'était quand même moins ridicule que son pantalon « slim » (ça s'appelle comme ça, c'est la dernière mode à ce qu'il paraît). Mouais… Moi, je trouve qu'il vaut mieux pas la suivre de trop près, la mode, parce qu'elle est franchement capricieuse et qu'elle change tout le temps d'avis. Hier, elle disait de mettre des pantalons très très larges, aujourd'hui, des pantalons très très étroits et très très taille basse. Demain, la mode saura plus quoi inventer pour se rendre intéressante, alors elle dira de porter son pantalon la braguette ouverte, parce que ça sera *style*, et après elle dira de le déchirer à l'endroit des fesses pour qu'on voie encore mieux le caleçon et Romain demandera à Maman de lui acheter des caleçons Kalvine Klin encore plus chers que son pantalon et il se promènera dans la rue avec la braguette ouverte et le pantalon déchiré pour qu'on voie bien son Kalvine Klin à 50 euros. Tout ça pour dire que ça coûte vraiment cher d'avoir le *style* ridicule de Romain.

Romain, il suit la mode pour tout : les caleçons, les pantalons, et la musique, aussi. Autant Delphine est à fond dans son Nirvana, autant Romain écoute toujours le dernier nullard à la mode. Il se la pète en se dandinant dans son petit pantalon slim de grenouille avec son petit MP3 sur les oreilles et son petit portable à clapet dans la main. En ce moment, c'est *style* d'aimer le rock, alors il adore des groupes à la mode qui se prennent pour Nirvana mais qui lui arrivent même pas à l'ongle de l'orteil, je le sais parce que c'est Delphine qui le dit, et elle s'y connaît en Nirvana. L'année dernière, c'était *style* d'aimer le rap, et Romain écoutait des groupes de mecs torse nu très musclés avec des grosses chaînes en or et des filles couchées à leurs pieds (ces mecs avaient l'air vraiment pas contents, malgré les muscles, les grosses chaînes en or et les filles à leurs pieds, va comprendre pourquoi…)

Bref, tout ça pour dire que plus je regarde mon frère, plus je pense qu'il faut vraiment se méfier de la mode. En fait, ce serait vraiment bien pour Romain que ce soit la mode des notes à deux chiffres. Parce que là, avec son pantalon slim et son MP3, il se prend pour un révolté de la société comme les groupes de rock. Il a acheté un tee-shirt noir avec un gros *A* rouge qui veut dire anarchie. L'anarchie, c'est quand on se fout de tout et qu'on ne fait que ce qu'on veut, comme par exemple mettre un pantalon déchiré sur les fesses avec la braguette ouverte et ne pas aller travailler, parce que travailler, ça sert à rien et qu'on préfère être libre de faire ce qui nous plaît toute la journée et même la nuit.

Romain, il met son tee-shirt anarchie et il fait genre « Je m'en fous d'avoir des notes à un seul chiffre parce que la société, c'est nul, et le collège, c'est nul aussi, et je vais pas commencer à faire le mouton bien dressé et à marcher dans le troupeau des notes à deux chiffres parce que je suis un révolté de l'anarchie ». Sauf que Romain, lui, il sait même pas jouer « Gratte-moi la puce que j'ai dans le dos » à la guitare électrique. Et qu'il est bien content que Papa et Maman travaillent pour lui acheter son MP3, ses caleçons Kalvine Klin à 50 euros et son pantalon de grenouille slim. Bon, c'est vrai que je répète un peu ce que dit Papa quand il engueule Romain à cause de ses notes à un seul chiffre, mais faut reconnaître qu'il n'a pas complètement tort, Papa, sur ce coup-là.

Et puis je ne vois pas pourquoi Romain a eu de l'argent pour acheter son tee-shirt anarchie qui coûte exactement le même prix que le paquet de cartes « Fureur des ténèbres » avec le « Dragon aux naseaux d'acier » que je veux plus que tout, mais Maman dit que j'ai assez de cartes comme ça. Je trouve ça plus intelligent de collectionner des cartes que des caleçons, et puis je l'ai vu chez Victor, le « Dragon aux naseaux d'acier », il est vraiment trop *style*.

C'est le plus beau jour de ma vie. Faut que je vous raconte ça. D'habitude, quand je rentre de l'école, Monica accourt dès qu'elle entend le bruit de la clé dans la serrure et me fait son petit numéro de charme : elle me supplie avec ses grands yeux verts et ses oreilles dressées en couinant et en miaulant. Elle se frotte à mes mollets et ronronne comme si elle m'adorait alors qu'en fait elle veut juste que je lui file à bouffer, mais je ne peux pas lui résister et je lui donne toujours une petite gâterie à grignoter, comme du saucisson à l'ail ou du camembert avec un lait-grenadine. Mais aujourd'hui, pas de Monica pour m'accueillir à la porte.

Je l'appelle et la cherche partout : dans le salon, dans ma chambre, dans la cuisine, et même dans la chambre de Delphine (en fait, ça sert à rien car Monica n'y va jamais, elle déteste Nirvana).

Je continue à fouiller toute la maison : chambre de Romain, chambre de Papa et Maman, et là, j'entends des petits miaulements étouffés, alors je regarde sous le lit, sous la commode, et même sous les draps et dans l'armoire : gagné ! La coquine s'est planquée, elle s'est fait un chouette petit nid dans les cravates de Papa, couchée sur le côté, et on dirait qu'elle contracte son ventre. Je le crois pas : Monica va accoucher de ses petits chatons dans les cravates de Papa, c'est génial, et en plus elle m'a attendu !

Je suis surexcité, je cours prévenir Romain et Delphine qui me suivent dans la chambre des parents. On reste plantés tous les trois devant l'armoire et on s'engueule parce que Romain dit que ça craint que Monica salisse les cravates de Papa, alors que moi je dis qu'il ne faut surtout pas la déranger, sinon elle pourrait faire une fausse couche et que ça n'a aucune importance de salir les cravates parce qu'on les lavera avec du K2R (c'est magique, le K2R, on en met sur du ketchup, du sang ou du vomi, et ça nettoie tout impeccable).

AAAHH ! Voilà une petite boule de poils tout collés qui sort du ventre de Monica par ses fesses, enfin non, pas ses fesses mais un autre trou, bref, c'est incroyable ! Monica lèche le chaton pour le nettoyer, il est tout noir, il a des fentes à la place des yeux et il pousse des cris d'oisillon ; j'ai envie de pleurer et de le prendre dans mes bras mais Delphine et

Romain braillent qu'il ne faut surtout pas le toucher, et c'est dingue, voilà une autre pelote de poils qui déboule de Monica, c'est un chaton roux et blanc, et maintenant le premier-né est vachement plus présentable, il s'est déjà accroché à un téton de sa mère et il appuie dessus avec ses minuscules pattes pour boire du lait. Monica nettoie le roux qui se trouve aussi un téton à suçoter et paf, encore un bébé qui sort, celui-là il est noir et blanc !

Je suis très fier de Monica, elle se débrouille comme une reine pour accoucher, on dirait qu'elle a fait ça toute sa vie. Et pourtant, quel boulot, elle n'arrête pas ! De lécher ses chatons, de se lécher les fesses et de pondre encore deux chatons, en tout ça fait cinq ! J'arrive pas à comprendre comment elle fait pour ne pas tous les écraser. Elle leur donne des grands coups de langue et maintenant ils sont tous alignés sur son ventre en train de téter gentiment et il y a un gros machin rose dégoûtant qui sort des fesses de Monica, enfin non, pas des fesses mais de l'autre trou et tenez-vous bien : ELLE LE MANGE ! Je dis « Berk, arrête, Monica, c'est immonde ! », mais Delphine me traite de crétin et m'explique que c'est le placenta que Monica est en train de mâchouiller ; il paraît que c'est très bon pour sa santé parce qu'il y a plein de vitamines dedans. Parfois, elle m'impressionne, Delphine, elle s'y connaît autant en placenta qu'en Nirvana.

C'est dingue, je crois que je vais m'évanouir de bonheur. Monica ronronne hyper fort et léchouille ses chatons qui se bagarrent pour squatter le meilleur téton. Ils se grimpent dessus, le petit noir et blanc est super dégourdi, il escalade la tête de ses frères et sœurs qui sont bien obligés de se rabattre sur un téton moins appétissant. Romain redit qu'il faudrait virer Monica des cravates de Papa et moi je lui réponds que c'est inhumain. Romain grogne qu'il s'en fout mais que c'est moi qui me ferai engueuler.

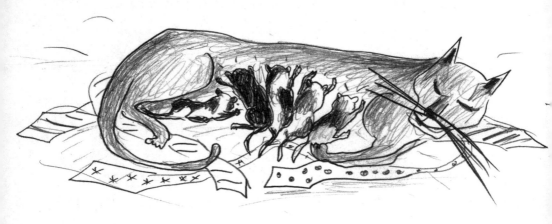

Juste à ce moment-là, Papa rentre du boulot, et il se demande ce qu'on fait tous les trois à stationner devant son armoire. Il s'approche et il voit Monica et les chatons allongés sur ses cravates. Il devient blanc, puis vert, puis rouge. Bon, c'est vrai qu'elles sont un peu tachées, les cravates, avec du sang et du truc rose, là, le placenta, mais c'est pas une raison pour se mettre à crier comme ça et gâcher un moment pareil. Il nous dit d'expulser Monica de ses cravates dans les plus brefs délais, sinon, il aura recours à la force. Puis il sort de la chambre en claquant la porte. Maman rentre et j'entends Papa hurler des choses horribles, il parle de zigouiller tous les chatons immédiatement, alors je me mets à pleurer mais c'est vraiment pas le moment parce qu'il faut que je trouve un logement pour Monica et ses enfants.

Heureusement, Delphine me dégote un carton d'emballage de lecteur DVD et elle met des chiffons et du papier journal dedans, mais le plus compliqué, c'est de transporter Monica et ses chatons accrochés aux tétons qui n'ont pas envie de quitter les cravates. Alors on s'y met à deux, Delphine et moi, pour soulever toute la famille (et on est bien obligés d'embarquer deux ou trois cravates).

Tout se passe presque bien, mais Monica miaule et commence à se débattre parce que ça ne lui plaît pas qu'on tripote ses petits et aussi parce que ça doit lui faire mal qu'ils soient pendus comme ça à ses tétons, et là, malheur de misère : patatras ! Un des chatons tombe par terre. Je pousse des cris et je le ramasse, j'ai peur qu'il soit cassé ou même carrément mort, mais il miaule toujours. Je le remets vite dans le carton en tremblant parce que ça fait beaucoup trop d'émotions, tout ça. Heureusement que Delphine est sympa, elle me rassure et me dit qu'il va bien. On pose le carton dans ma chambre et je m'allonge sur mon lit, épuisé raide mort de fatigue.

C'est crevant un accouchement, vous n'avez pas idée!

Maman est venue me parler dans ma chambre. Elle a essayé de m'expliquer que c'était impossible de garder tous les chatons de Monica parce que même s'ils étaient très mignons aujourd'hui, ils deviendraient vite grands et gros et n'auraient qu'une idée en tête : mordre le cou de Monica et lui faire des enfants dont ils ne s'occuperaient même pas et ainsi de suite jusqu'à ce que la maison déborde de chats et que ça sente le pipi de matou partout.

J'ai demandé à Maman si Papa allait assassiner les bébés de Monica et elle m'a répondu qu'il les endormirait et que les chatons ne sentiraient rien. J'ai commencé à pleurer, à me boucher les oreilles et à trépigner en traitant Papa de serial-killer de chats (un serial-killer, c'est un mec qui s'amuse à zigouiller plein de gens, je l'ai appris dans les séries d'experts en cadavres chez Kevin). Maman a voulu m'enlever Monica et ses enfants pour les mettre dans la cuisine, alors j'ai crié que j'allais me tuer moi aussi et elle a accepté de les laisser dans ma chambre pour cette nuit.

Impossible de fermer l'œil. Monica ronronnait comme un char d'assaut et les chatons poussaient des petits couinements. J'allumais tout le temps la lumière pour voir s'ils étaient bien vivants, et puis je pensais qu'ils allaient mourir et je pleurais ; Monica me regardait avec ses yeux plissés comme pour me dire qu'elle était fière de ses bébés et j'avais l'impression d'être un traître.

Le matin, au petit déjeuner, je n'ai pas dit bonjour à Papa, j'ai fait comme s'il était transparent et quand il me parlait, je regardais mon chocolat chaud sans rien répondre. C'était drôlement dur de rester le nez dans mon bol, surtout quand il a dit qu'il m'achèterait le paquet de cartes avec le « Dragon aux naseaux d'acier » trop *style*, mais j'ai tenu bon. Papa s'est levé de table et a jeté sa serviette par terre ; il avait l'air encore plus énervé quand il s'est habillé et qu'il n'a trouvé que des cravates avec des taches rouges.

À l'école, heureusement, la maîtresse était revenue. J'ai raconté l'accouchement de Monica à toute la classe avec les détails, et ils ont bien vu que je m'y connaissais carrément bien en accouchements, surtout quand j'ai parlé du placenta que Monica avait mâchouillé parce qu'il était plein de vitamines.

Kevin m'a demandé si ça ressemblait à de la cervelle ou à de la bouillie d'intestins, puis Ahmed a levé le doigt et a voulu faire son intéressant en essayant de nous faire croire qu'il avait mangé le placenta de sa mère quand il était né, qu'il s'en souvenait très bien, qu'il s'était régalé et que ça avait le même goût que les cannellonis de la cantine. Tout le monde rigolait et Margot a crié qu'elle adorait les malabars au placenta. Ça hurlait de rire encore plus fort dans la classe et Victor est

monté sur sa table. Il a glissé sur un crayon, il est tombé et s'est ouvert le menton ; ça saignait beaucoup et il a commencé à crier comme un putois. J'ai dû l'accompagner à l'infirmerie (enfin, si on peut appeler ça une infirmerie, c'est juste un

placard avec du coton et y a même pas une infirmière mais une surveillante qui met un peu d'eau sur le coton parce que c'est interdit d'employer des désinfectants à cause des allergies).

On est retournés en classe et la maîtresse a pris sa voix sévère pour dire qu'elle allait repartir en stage si on continuait à se comporter comme des éléments perturbateurs mais, ouf, c'était l'heure de la récré.

Et là, devinez qui je vois se promener dans la cour en rigolant : le petit de CP qui s'est fait renverser par Ryan le taureau ! Je ne sais pas comment ils l'ont soigné à l'hôpital, peut-être avec des pansements en placenta, en tout cas il est là, en pleine forme, et ça me fait plaisir comme si c'était mon frère alors que je le connais même pas, mais je vais quand même lui demander comment il va. « Bien, et toi », il me répond, alors j'en profite pour lui parler de Monica et de ses chatons ; il me dit qu'il aimerait bien en adopter un mais qu'il doit demander à sa mère. Je lui propose de venir chez moi après l'école et il me dit « D'accord ». Je suis super content d'avoir peut-être trouvé un père pour un des bébés de Monica et de pouvoir sauver une vie, même si c'est une vie de chat.

Après l'école, Sébastien (c'est le prénom du petit de CP) a réussi à convaincre sa mère de venir à la maison pour regarder les chatons et il l'a tellement bien suppliée d'en adopter un qu'elle a dit oui. Ils ont choisi le petit noir et blanc qui monte sur la tête de ses frangins. Sébastien voulait l'emmener tout de suite, mais je lui ai expliqué que le chaton avait besoin de moi et de sa mère pendant au moins deux mois, voire même trois ou quatre, le temps qu'il devienne bien grand (et gros et moche, ça je lui ai pas dit).

Pendant le dîner, j'ai encore fait comme si Papa était transparent et il me posait plein de questions sur l'école mais je regardais mon assiette sans répondre. Papa n'arrêtait pas de soupirer alors je lui ai quand même jeté un petit coup d'œil rapide ; ça m'a fait de la peine de voir son air tout triste avec ses mèches de cheveux plaquées sur son grand front et sa cravate toute de traviole. Il avait l'air fatigué et il a dit à Maman que son connard de patron l'avait encore fait chier toute la journée et qu'il en avait ras-le-bol de se crever la santé à bosser comme un âne pour nourrir ces petites bouches en cul-de-poule qui ne lui adressaient même pas la parole.

Le métier de Papa, c'est commercial. J'ai jamais très bien compris ce que ça voulait dire mais je sais qu'il travaille dans une agence de publicité et qu'il est obligé de changer souvent de cravate et aussi souvent d'agence parce que son patron lui demande souvent de partir ailleurs.

Maman travaille aussi pour un patron chiant, elle est secrétaire. Généralement, Papa et Maman ne prononcent pas tellement de gros mots devant nous, c'est plutôt à l'école qu'on les apprend, les gros mots. Mais parfois, quand ils parlent de leurs patrons, ils oublient de s'exprimer correctement. Papa appelle son patron « Dieu le chieur ». Et quand Maman parle du sien (de patron), elle dit « Pédégérard » ou « Pédégégé » (son vrai prénom, c'est Gérard, sans pédégé devant).

Moi, quand je serai grand, je ne veux pas avoir de patron. Ce sera difficile, je le sais bien, parce qu'il y en a partout, des patrons (sinon c'est l'anarchie). Autrement dit, si on ne veut pas avoir de patron, il faut être patron soi-même, mais franchement ça ne me tente pas parce que je n'ai pas envie de me faire traiter de « Dieu le chieur » et ainsi de suite…

J'ai beaucoup réfléchi à tout ça et j'en ai conclu que la seule façon d'éviter d'être ou de ne pas être un patron, c'était de devenir une star. Donc, c'est ce que j'ai l'intention de faire comme métier plus tard. Et je pourrai enfin m'appeler Brad, parce que toutes les stars changent de nom. Et je vivrai dans une immense maison avec plein de chats qui se mordront le cou toute la journée s'ils en ont envie et personne n'aura le droit de zigouiller aucun chaton ni d'écouter Nirvana ou de me piquer l'ordinateur pour aller sur MSN.

Voilà.

À la maison, il y a un ordinateur. C'est déjà bien, parce que chez Aymeric, par exemple, ils ont trois télés mais zéro ordinateur. Mais tout de même, UN ordinateur pour toute la famille, ça ne suffit pas. Moi je l'utilise intelligemment, je m'en sers pour jouer à mon super jeu de stratégie dont je vous ai déjà parlé : celui où c'est moi qui commande parce que je suis un Seigneur et Maître et où je dirige une armée entière qui m'obéit et qui me dit « Oui, Seigneur », « À vos ordres, Seigneur », etc. C'est vachement passionnant comme jeu et je suis devenu très fort en combat. Ma puissance de frappe est énorme et si Ryan le taureau était dans l'écran je l'anéantirais en une seconde (dans la cour de récré c'est plus compliqué parce que j'ai pas mon épée laser).

Bref, c'est toujours au moment crucial où je suis sur le point de vaincre toute une horde d'orques ennemis que Romain se pointe pour faire sa recherche urgente sur Internet. Ça me rend fou. Premièrement, c'est malpoli. Quand quelqu'un parle, on ne lui coupe pas la parole. Ben, là, c'est pareil : quand quelqu'un est en pleine action en train d'exterminer une horde, on ne l'éjecte pas du clavier comme un chien qui pue. Ça se fait pas. Surtout que, parfois, il emploie carrément la force. Bon, pas immédiatement, c'est vrai : d'abord, il me dit « Désolé Gus, va falloir que tu me files l'ordi ». Moi, je ne peux vraiment pas lui répondre, ça me déconcentrerait, pile quand je dois donner le coup d'épée fatal. Alors Romain prend sa grosse voix grave comme s'il était un vrai homme (à mon avis, un vrai homme, ça ne ressemble pas à une grenouille slim) et il dit « Allez le minikeum, va jouer aux Lego » et comme j'ai toujours pas le temps de lui adresser la parole, il s'énerve et il prononce des mots

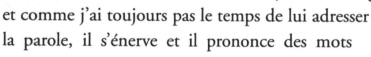

vexants du genre « Vire-toi de là, sale gnome » ou « Dégage, chiure d'acarien » et il me tire par l'oreille et ça fait mal. Puis il m'attrape les mains pour que je ne puisse plus toucher au clavier et il quitte le jeu sans enregistrer ma partie ; c'est ignoble de faire ça, alors moi je proteste et je crie mais il me traîne par terre jusqu'à la porte et parfois il me file même un coup de pied dans les fesses. Quand il est comme ça, Romain, je le déteste, je lui crie qu'il est nul et qu'il va encore redoubler sa seconde à cause de ses notes à un seul chiffre et je pars en courant parce qu'une fois il m'a tordu le bras en me disant que si je reparlais encore de ses notes à un seul chiffre, je me retrouverais avec un seul bras.

Deuxièmement, excusez-moi de m'exprimer comme ça, mais faut pas se foutre de ma gueule avec cette histoire de recherches de techno sur Internet. Moi, je sais très bien ce qu'il recherche sur Internet, Romain : DES FILLES, et puis c'est tout. La techno, c'est un alibi (un alibi, c'est quand on a une excuse pour prouver qu'on n'a pas égorgé la mère du voisin, je l'ai appris dans les séries d'experts en cadavres chez Kevin). Tout ça pour dire que mon frère, il ne fait rien que draguer sur MSN. Parfois, je reviens sans faire de bruit et je reste derrière lui pour regarder ce qu'il raconte aux filles sur MSN. C'est complètement débile (et bourré de fautes d'orthographe, je suis tout à fait d'accord avec Papa) :

– slt

(ça veut dire salut)

– sa va ?

– oué é toa ?

– oué

– koi de 9 ?

– ri1

– a bon ?

La fille ne répond pas parce qu'elle s'ennuie déjà. Alors Romain tape :

– t la ?

– oué

– aten ya mon frair ki m'spione je v le masakré

– lol

(ça veut dire je rigole)

Et là, en général, je retourne vite fait dans ma chambre parce que c'est vraiment pas intéressant de lire leur conversation nulle, ils n'ont rien à se dire, franchement c'est triste.

Delphine aussi me pique l'ordinateur pour aller sur MSN dire « slt » « sa va » « oué » « lol ». Elle a même fait un blog où il y a plein de photos de Nirvana et de ses copines avec des petits textes en dessous du genre « sa c Lina ma supr ami el é génial je l'ador kiss lol », alors qu'en vérité elle dit tout le temps du mal de cette Lina. Et ses copines rajoutent des commentaires, par exemple « tro *style* ton blog lol kiss ». Moi, ça m'exaspère de voir Delphine taper « lol » et « kiss » avec ses ongles noirs alors que j'ai une armée entière d'orques des ténèbres à zigouiller. C'est inadmissible. Quand je serai une star et que je m'appellerai Brad, Delphine mettra une photo de moi sur son blog et toutes ses copines écriront des commentaires du genre « wow ton frair Brad il é tro bo lol » « kiss Brad », « Brad je te kif ». Elles voudront toutes avoir mon adresse MSN pour me dire « slt Brad », « sa va Brad ? » et je répondrai « oué tré bi1 é toa ? » et je parlerai aussi de mes combats avec les orques parce que ça, au moins, c'est intéressant. Lol.

Quand je serai une star et que je m'appellerai Brad, je serai gentil avec les gens ordinaires, parce que si on est une star, c'est pas une raison pour se la péter (comme dirait Delphine quand elle parle de Lina). Je serai surtout gentil avec les clochards. Quand je vois des clochards, j'ai de la peine pour eux. Je trouve ça inhumain d'être obligé de dormir par terre dehors, même en hiver. Je me demande toujours ce qu'ils faisaient comme métier avant d'être clochards.

Moi, j'arrive pas à comprendre pourquoi il y en a autant, des clochards, ni pourquoi on ne leur donne pas du travail et une maison. Quand j'en parle à mes parents, ils me répondent que c'est comme ça, et quand je leur dis qu'on pourrait inviter un clochard juste un soir, ils me disent qu'on ne peut pas accueillir toute la misère du monde. C'est vrai que ça ne m'arrangerait pas que le clochard vienne dormir dans ma chambre, mais n'empêche que c'est triste et que ça gâche ma joie quand on sort du centre commercial et que je suis tout content parce que Papa vient de m'acheter mon paquet de cartes avec le « Dragon aux naseaux d'acier », et que je vois un clochard qui n'arrive même pas à déboucher sa bouteille de vin parce qu'il a trop froid aux mains. Il essaie avec les dents mais il n'y arrive toujours pas et il grogne « Putain de merde » en crachant par terre, alors je demande à Papa s'il n'a pas un ouvre-bouteilles et Papa me tire par la main avec un air énervé. Le clochard tousse et il me dit « T'as pas un euro ? » ;

moi je me sens un peu gêné avec mon paquet de cartes à 15 euros dans la main et je pense que si j'habitais dehors comme lui, j'aurais pas de chambre, pas de lit, rien à manger et que je me foutrais complètement du dragon aux naseaux d'acier. Du coup, je suis moins content de l'avoir acheté.

Ça m'angoisse de réfléchir au métier que je veux faire plus tard, parce que je sais qu'il ne faut pas se tromper. C'est dur de bien choisir son métier. Si on se trompe, on risque de s'ennuyer terrible et de perdre ses cheveux encore plus que Papa. Et puis faut éviter de choisir un métier qui débouche sur le chômage. Moi, je trouve qu'il faudrait faire des sondages pour savoir quel métier faisaient les clochards avant de dormir dans la rue. Comme ça, au moins, on serait averti que ce métier est dangereux. J'en ai discuté avec Maman et elle m'a dit que ce n'était pas si simple parce qu'il y avait un tas de raisons pour devenir clochard, pas seulement le métier.

N'empêche, je suis sûr que ce serait intéressant de faire un sondage de clochards, mais personne ne le fera parce que tout le monde se fout de ce qu'ils pensent et de ce qu'ils faisaient avant. On fait des sondages pour savoir ce que les gens ont envie d'acheter et comme les clochards n'ont pas d'argent à dépenser, ils n'intéressent personne. Si c'était à la mode d'être clochard et que les clochards étaient riches, il y aurait des affiches de pub partout avec des clochards qui portent des pantalons troués taille basse et des caleçons Kalvine Klin et ce serait *style* d'avoir un gros nez rouge et des dents en moins. La vérité, c'est que les gens ont peur des clochards et qu'ils préfèrent ne rien savoir sur eux.

Tout ça pour dire qu'après avoir bien réfléchi au métier que j'ai envie de faire plus tard, j'ai décidé de devenir une star parce que c'est ce qui me convient le mieux.

Bon, faudra encore que je choisisse quel métier de star je veux faire. Chanteur, ça ne me plaît pas trop. Je les trouve un peu énervants, les chanteurs qui ouvrent la bouche en montrant leurs dents et leur langue (même que parfois, elle est un peu jaune). Ils nous regardent comme s'ils allaient mourir juste après la chanson et on dirait qu'ils vont pleurer (moi ça me donne plutôt envie de rire). En plus, aujourd'hui, tout le monde veut être chanteuse : Jenifer, Nolwenn, Magalie, Chimène, Emma, Élodie, Olivia, Cyril, Grégory… Sans parler des actrices qui se mettent à chanter alors qu'on leur a rien demandé. C'est vrai, déjà elles sont actrices, mais ça leur suffit pas, il faut encore qu'elles fassent leurs intéressantes devant un micro en fermant les yeux et en ouvrant la bouche. À la télé, quand c'est une actrice qui chante, il faut toujours monter le son, sinon, on ne comprend rien à ce qu'elle raconte parce qu'elle chuchote dans le micro comme si elle lui disait un secret, mais c'est pas intéressant, comme secret, ça parle toujours d'amour, jamais de combat avec les orques des ténèbres. Heureusement qu'elles sont connues, les actrices, parce que sinon, personne n'en voudrait, de leurs chansons à la guimauve.

Si vous voulez mon avis, il y en a trop, des chanteuses. Pareil pour les actrices. Le pire, c'est que tous les fils et les filles d'actrices veulent devenir actrices aussi. On s'en sort plus, c'est l'invasion. Et puis franchement, c'est pas juste, les fils et les filles d'actrices, ils n'ont qu'à claquer des doigts, et voilà ! C'est comme les rois et les reines, en fait : autrefois, le fils du roi devenait roi lui aussi, même si c'était un idiot. Une fille d'actrice peut devenir actrice même si elle est nulle. Bref, si mon père s'appelait Johnny Hallyday, ça serait plus facile pour moi de devenir chanteur, c'est sûr.

75

Enfin, si je voulais vraiment devenir chanteur, je pourrais toujours participer aux concours de Star Academy et compagnie, il y a plein de candidats qui sont bêtes et moches et qui ont des mamans qui ne ressemblent pas du tout à des actrices. Mais franchement, ça ne me dit rien. Parce que si c'est juste pour passer à la télé pendant trois semaines et qu'après on ne parle plus du tout de moi et que tout le monde s'en foute que je devienne commercial ou même clochard, non merci.

Voilà pourquoi je crois que c'est pas une bonne idée de choisir star de la chanson ou même de cinéma. En tout cas, je sais déjà ce que je veux pas faire comme métier de star, c'est déjà une bonne chose, non ?

TRAÎTRE
↓
BOSS

Bon, il faut que je vous donne des nouvelles de Monica et de ses chatons, enfin, de son chaton. Comme je vous le disais, Papa m'a acheté le dragon aux naseaux d'acier après m'avoir expliqué gentiment que je devais être raisonnable ; qu'on ne pouvait vraiment pas garder tous les chatons de Monica, que c'était déjà bien d'en garder un et qu'elle s'occuperait encore mieux de son fils unique. Mouais… J'étais pas très convaincu, mais mettez-vous à ma place : je ne pouvais pas continuer à faire comme si Papa était transparent pendant des jours et des semaines alors qu'il me proposait d'aller tout de suite au centre commercial pour acheter le dragon aux naseaux d'acier. Quand on est rentrés du centre commercial, il n'y avait plus qu'un chaton dans le carton de Monica, et là j'ai compris que ma mère était une serial-killeuse de chats. Je lui ai demandé comment elle les avait tués et elle m'a dit qu'ils n'avaient rien senti, puis elle m'a serré dans ses bras et j'ai pleuré parce que le monde est inhumain pour les clochards et les petits chats mais pas pour les fils et les filles d'actrices.

Monica était pire que triste : carrément paniquée, c'était horrible à voir. Elle miaulait en me regardant avec ses grands yeux verts pour que je lui montre où étaient passés ses chatons. Elle les a cherchés partout : sous mon lit, dans mon placard de jouets, dans les cravates de Papa, dans toute la maison… Elle revenait toujours dans ma chambre avec ses yeux suppliants et j'avais l'impression d'être pire qu'un traître avec mon dragon aux naseaux d'acier. Je me suis mis à le détester (le dragon), parce que j'aurais dû donner les 15 euros au clochard ou faire la grève de la faim couché à côté des chatons.

Au lieu d'être un Seigneur, je me sens comme une crotte parce que Papa m'a acheté avec ce sale dragon et que je vois bien que Monica me trouve minable et elle a bien raison.

C'est tout ce que j'ai à dire.

Je n'aurais jamais imaginé **que Monica se remettrait aussi vite**
de l'assassinat de ses enfants. Elle s'est bien occupée de son
fils unique pendant quelques jours et puis elle a recommencé
à traîner dehors avec sa bande de matous. De temps en temps,
elle attrape son chaton par la peau du cou pour l'emmener
avec elle, et puis paf, elle le lâche et le laisse en plan sur le car-
relage comme si elle avait des trucs urgents à faire et il rampe
en couinant jusqu'à ce que je le prenne dans mes bras. Hier,
Monica jouait avec lui exactement comme elle fait quand elle
a attrapé une souris et qu'elle veut s'amuser un peu avec avant
de la tuer pour de bon. Alors je lui ai dit « Eh, arrête, Monica,
ça va pas la tête ! C'est le chaton qui est sorti de ton ventre,
pas une souris pour jouer ! ». Franchement, elle me déçoit,
Monica. Enfin, elle a sans doute des excuses puisque, quand elle
était bébé, sa mère traînait aussi avec les matous du quartier

au lieu de s'occuper d'elle, et c'est moi qui lui donnais le biberon. Et là, re-belote : c'est encore moi qui nourris le petit chaton avec un biberon de poupée. J'en ai parlé à Maman qui m'a dit que Monica était une très jeune mère et qu'elle n'avait sans doute pas un instinct maternel très développé. Mouais… J'ai du mal à comprendre pourquoi j'ai un instinct maternel plus développé que celui de Monica, qui préfère passer sa journée à courir après des fripouilles qui font la grosse queue pour l'impressionner alors qu'elle pourrait profiter de son chaton adorable avant qu'il devienne gros et moche. Moi j'y crois pas, à l'instinct maternel.

Sébastien (le petit de CP qui va adopter le chaton) vient le voir tous les jours après l'école et je lui ai appris à donner le biberon mais il n'y arrive pas aussi bien que moi. Et puis ça me fatigue de devoir lui rabâcher que NON, il ne peut pas emmener le chaton chez lui aujourd'hui parce qu'il a encore besoin de sa mauvaise mère et surtout de moi et ça m'agace qu'il me réponde qu'il peut très bien s'en occuper tout seul alors que je vois bien qu'il s'y prend comme un manche pour biberonner.

Pour le faire patienter, je lui ai conseillé de chercher un bon prénom. Au fait, je crois que c'est un chaton fille. En attendant que Sébastien lui trouve un chouette nom, je l'appelle Nini puisque c'est la fille de sa mère (j'avais pas d'idée et c'est quand même mieux que Momo ou Caca). Elle est vraiment trop mignonne, ça me fait rire quand elle passe sa petite langue toute râpeuse sur mon nez, même si elle pue de la bouche, quelque chose d'horrible. Quand je fais mes devoirs, elle vient jouer sur mon cahier et je suis obligé de la gronder parce qu'elle fait des dégâts sur mes figures de géométrie avec ses petites griffes pointues. Enfin, je l'adore, je dirais même que c'est la personne que j'aime le plus dans cette maison. Ça me rend complètement malade de devoir m'en séparer bientôt. Quand j'y pense, les larmes coulent toutes seules sur mes joues sans que je puisse m'arrêter de pleurer, jusqu'à ce que Nini vienne me léchouiller le pif et que ça me chatouille, alors je ris en pleurant et j'embrasse Nini en lui disant que je l'abandonnerai jamais, parce que mon instinct maternel est plus fort que le dragon aux naseaux d'acier.

Souvent, le dimanche, **Grand-Père** vient déjeuner à la maison. C'est le Papa de Maman. Je l'aime bien, Grand-Père, il est très gentil avec moi, on rigole bien tous les deux. Il est toujours d'accord avec mon avis. Je suis sûr que si Grand-Père était mon père, il n'aurait jamais zigouillé les chatons sans mon autorisation. Quand Papa ou Maman me gronde, il me fait des clins d'œil. Par exemple, quand Maman s'énerve parce que j'ai pris son pull en angora pour donner une couverture à Nini qui a fait ses griffes dessus, Grand-Père lui dit « Calme-toi, ce n'est qu'un pull », et il me tapote la tête en souriant comme s'il était fier de moi. Il me trouve génial. Quand je lâche un prout, ça le fait rire (lui aussi, il en lâche souvent, des prouts). Il adore tous mes dessins, même ceux qui ressemblent à des gribouillis, il joue aux dames avec moi, et parfois aux échecs. Il n'aime pas perdre, Grand-Père.

Quand je gagne, il rigole en grognant, mais quand c'est Papa qui le bat, il ne rigole plus du tout. Souvent, on joue aussi au Scrabble avec Grand-Père, Maman, Papa et Delphine (Romain déteste le Scrabble parce qu'il n'a pas le droit de faire des mots en MSN). Avant, Grand-Père gagnait à chaque fois, mais depuis quelque temps il râle parce qu'il ne pioche QUE des voyelles ou QUE des consonnes et qu'il ne peut rien faire avec ces lettres de merde. Je vois bien que ça l'agace de se faire doubler par Papa, Maman et même par Delphine (qui est super forte pour tricher et choisir les lettres qui lui manquent pour faire un beau scrabble). Alors il m'aide pour que j'aie plus de points que Papa et Maman, mais eux aussi ils ont horreur de perdre alors ils protestent et à la fin personne n'a gagné et tout le monde s'engueule.

Quand on joue au Trivial Pursuit, Grand-Père trouve que les questions des autres sont fastoches alors que les siennes sont débiles et difficiles. S'il tombe sur une question du genre « Quelle est la capitale du Zimbabwe ? », il dit qu'il le savait mais qu'il ne s'en rappelle plus. Papa ricane et il plaisante en appelant Grand-Père « Monsieur qui sait tout mais qui se rappelle de rien » ; ça vexe Grand-Père et Maman gronde Papa qui va bouder dans le salon alors Maman dit à Grand-Père qu'il exagère de faire son susceptible pour si peu. À la fin personne n'a gagné et tout le monde s'engueule.

Grand-Père aime bien les plats que lui prépare Maman quand il vient manger à la maison et il lui fait toujours des compliments avec des « mais », comme par exemple « Ta viande est très bonne, mais mon boucher est meilleur ». Il dit à Papa que son vin est très bon mais que le sien est meilleur et ses clémentines et ses tomates sont toujours meilleures aussi. Je crois qu'en fait Grand-Père aime bien être le meilleur en boucher, en vin, en clémentines, en tomates, en Scrabble et en Trivial Pursuit. Peut-être que c'est parce qu'il était le meilleur dans son travail, il y a très longtemps.

Le métier de Grand-Père, c'est d'être à la retraite. C'est le métier de tous les gens vieux. Maman m'a expliqué que les gens vieux ne travaillent plus, mais qu'on leur donne quand même de l'argent. Alors j'ai demandé à Maman pourquoi les clochards n'étaient pas à la retraite, eux aussi, parce que je trouve ça injuste qu'on donne de l'argent aux gens vieux et pas aux clochards. Elle m'a expliqué que les gens vieux avaient travaillé quand ils étaient jeunes pour payer leur retraite, mais que les clochards n'y avaient pas droit parce qu'ils n'avaient rien fait du tout. Alors j'ai demandé à mes parents si on leur donnerait une retraite à eux aussi, quand ils seraient vieux. Papa a répondu que c'était mal barré. J'ai insisté : « Et qui vous donnera de l'argent, alors ? » Romain a dit que c'était moi qui devrais payer la retraite de Papa et

Maman avec mon argent personnel, mais que par contre j'aurais rien, que dalle, peau de balle, tintin, quand je serais vieux. J'ai dit à Romain qu'il racontait n'importe quoi, et que s'il y avait de l'argent pour Grand-Père, il y en aurait pour Papa et pour moi aussi. Il m'a répondu que justement, NON, parce qu'il y avait beaucoup de gens vieux qui vivaient très très très longtemps à la retraite et que ça coûtait tellement cher qu'il n'y avait déjà plus d'argent. « Mais comment on fera quand on sera vieux, alors ? » j'ai crié, et Romain a dit en rigolant qu'on serait clochards, alors je me suis mis à pleurer parce que c'est impossible.

N'empêche, ça m'angoisse, cette histoire de retraite, et depuis qu'on a parlé de ça, je me suis rendu compte que Romain avait raison, y a plein de gens très vieux partout, dans la rue, dans le bus, dans les magasins, et je me demande ce qu'on va faire de tous ces vieux qui veulent de l'argent alors qu'il n'y en a plus. Et puis en regardant une vieille dame toute rabougrie sur sa canne avec ses petites mains qui tremblaient et sa tête toute ridée qui tremblait aussi, je me suis dit que c'était normal qu'on donne de l'argent aux gens vieux pour les consoler parce que déjà, c'est pas drôle d'être vieux, si en plus ils n'ont pas d'argent, c'est la catastrophe. L'argent, c'est tout ce qui leur reste, aux gens vieux.

Et puis j'en ai marre, à la fin, de m'inquiéter pour tout le monde : les clochards, les gens vieux, ça suffit comme ça ! C'est pas mon problème. De toute façon, je ne serai jamais clochard, ni vieux. C'est impossible. Voilà.

Grand-Père a amené une photo de lui quand il était petit et il a dit que je lui ressemblais énormément. Papa a fait « Bof, pas tant que ça » en fronçant les sourcils. Je l'ai trouvé trop mignon, Grand-Père, avec sa figure toute ronde et ses petites jambes toutes maigres qui dépassaient de son short. J'ai juste reconnu son sourire et ses yeux (il a toujours un grand sourire joyeux avec ses yeux bleus qui pétillent). À part ça, il est moins maigre aujourd'hui (et même plutôt gros) et il a beaucoup de rides, comme tous les gens vieux. Ça m'a fait bizarre de voir cette photo de Grand-Père quand il avait mon âge et j'ai pensé à plein de trucs alors que pourtant j'en avais pas du tout envie, comme par exemple à moi quand j'aurai l'âge de Grand-Père. C'était pas agréable à imaginer et j'ai essayé de réfléchir à autre chose mais ça ne marchait pas. Pour me changer les idées, je suis allé dans ma chambre pour regarder

Nini, qui grandit chaque jour, et je me suis dit que bientôt elle serait aussi grosse que Monica et qu'elle aurait moins envie de jouer avec moi et plus avec les matous du quartier. Je la trouverais un peu moins mignonne, c'est sûr, et je l'aimerais un peu moins, peut-être. Mon instinct maternel serait moins fort, en fait. Et là, je me suis demandé si l'instinct maternel de Maman était plus fort le jour où je suis né qu'aujourd'hui, et s'il diminuait au fur et à mesure que je grandissais parce que je devenais moins mignon. J'avais chaud et j'étouffais, alors j'ai ouvert la fenêtre pour respirer un peu d'air et je me suis rendu compte que je ne serais plus jamais un bébé, mais qu'un jour je serais un vieux et même que dans très longtemps, je mourrais. Ça m'a paru impossible mais pourtant c'est vrai. Et là, j'ai vu Romain qui sortait de la maison en sifflotant, les mains dans les poches. J'étais soulagé de penser à autre chose et je me suis rappelé des photos de lui quand il était un bébé rigolo avec ses grosses fesses pleines de couches dans sa grenouillère rayée bleu et blanc. Peut-être que Papa et Maman le trouvaient beaucoup plus mignon dans sa grenouillère que dans son pantalon de grenouille slim et qu'ils aimaient mieux jouer aux dominos avec lui que de le gronder pour ses notes à un seul chiffre…

Décidément, ça m'énervait de réfléchir à ces trucs idiots à cause de cette vieille photo du petit Grand-Père mais ça continuait, les questions dans ma tête, et je voyais Papa et Maman vieux comme Grand-Père. Tout ça est mal fichu, je ne vois pas pourquoi on ne pourrait pas rester toujours pareil. Ce serait chouette que Nini ne grandisse pas pour aller draguer les matous et que Grand-Père ne meure jamais ; mais c'est vrai que s'il était resté comme sur la photo, Maman ne serait pas née et moi non plus.

J'ai entendu le gros rire de Grand-Père et ça m'a fait du bien parce que quand on est vieux, il n'y a pas de quoi rire. J'ai pris Nini dans mes bras, je l'ai serrée très fort en l'embrassant ; elle a miaulé et s'est sauvée pour aller jouer avec les rideaux et ça m'a mis de mauvaise humeur parce que j'avais envie qu'elle me fasse un câlin. En plus, ça m'a rappelé que Maman me faisait un peu moins de câlins qu'avant (bon, c'est un peu parce que ça m'énerve qu'elle m'écrase le nez contre sa joue, je lui dis « Tu m'étouffes » ou « J'ai trop chaud »), mais quand même, elle pourrait continuer à me lire des histoires le soir au lieu de regarder la télé.

D'ailleurs, après le dîner, je lui ai demandé de me lire une histoire et je lui ai fait un gros câlin pour vérifier son instinct maternel. Je lui ai posé plein de questions pour savoir si elle m'aimerait moins quand j'aurais l'âge de porter des pantalons slim (ça va pas la tête, j'en mettrai jamais !) et elle a rigolé ; elle m'a dit que j'étais son fils adoré et qu'elle m'aimait à l'infini pour toujours. Je lui ai répondu qu'elle serait toujours belle pour moi, même quand elle aurait des rides et des joues qui tombent comme Grand-Père. Après, j'étais seul dans mon lit et j'ai pensé à Anna, ma grand-mère qui est morte. Je sais que Maman l'adore toujours et je me suis dit que moi aussi, j'aimerais Maman quand elle serait morte et que si on aimait un mort, il était quand même un peu moins mort.

Eh ! Mais qu'est-ce que c'est que ces idées horribles qui viennent squatter dans ma tête sans me demander mon avis ?! Dégagez, ouste, du balai ! La mort, ça n'existe que dans les séries d'experts en cadavres chez Kevin, et Maman ne mourra jamais. Ni moi. C'est impossible. Voilà.

Aujourd'hui, à l'école, les filles ont fait des histoires. En fait, je ne sais pas pourquoi je dis « aujourd'hui », parce qu'elles en font tous les jours. Elles sont vraiment énervantes. Par exemple, avant, Laura était amoureuse de moi et elle me collait tout le temps dans la cour de récré, j'étais obligé de faire comme si elle existait pas pour pouvoir jouer tranquillement avec mes copains. Et maintenant, cette idiote est amoureuse de Kevin et elle se prend pour son assistante découpeuse de cloportes. Elle ramasse plein de cochonneries par terre et elle les donne à Kevin pour qu'il les analyse. N'importe quoi. Elle le regarde avec ses yeux globuleux et elle lui fait des sourires alors qu'ils sont en train de s'occuper d'un cadavre ; franche-ment, ça se fait pas. C'est ridicule, d'être amoureuse. Moi, je ne le serai jamais. En plus, les filles n'ont pas de cartes de dra-gons aux naseaux d'acier à échanger, et elles ne savent pas jouer au jeu de stratégie génial (celui où je suis le Seigneur et Maître et où une armée entière me dit « À vos ordres »). Donc, on ne peut parler de rien avec les filles. Même pas de foot. Alors comme elles s'ennuient parce qu'elles n'ont rien à se dire, elles font des histoires.

Dans la classe, il y a une élève qui s'appelle Marine, et ce matin la bande de filles (Louise, Margot, Laura, Jamila et Alice) a décidé que Marine était nulle et qu'il ne fallait plus jouer avec elle, ni lui parler, ni rien du tout. Elles sont allées voir tout le monde pour donner leurs instructions de ne plus parler à Marine, qui était toute seule à côté d'un arbre. Ça m'a fait de la peine de la voir comme ça, elle avait l'air de ne pas

comprendre ce qui se passait et à chaque fois qu'elle s'approchait, les autres filles partaient en courant à l'autre bout de la cour de récré. Alors elle a essayé de jouer avec les garçons, mais ils avaient promis à Louise qu'ils ne parleraient pas à Marine (sinon, ils ne seraient pas invités à l'anniversaire de Margot) et ils lui ont tous tourné le dos. Moi, je voulais continuer à jouer avec eux, alors j'étais bien obligé de courir aussi, même si je trouvais ça pourri et méchant et que j'étais triste pour Marine, surtout quand elle s'est mise à pleurer. Je suis allé voir Louise pour lui demander pourquoi il ne fallait pas parler à Marine ; elle m'a expliqué que c'était parce que son crayon effaceur d'encre avait disparu de sa trousse et qu'elle était sûre et certaine que c'était Marine qui lui avait volé et qu'il ne faut pas parler aux voleuses. Mouais… vraiment bizarre, cette histoire de crayon effaceur d'encre. À mon avis, c'est n'importe quoi.

Aujourd'hui, la maîtresse a changé les places des élèves dans la classe et Marine se retrouve à côté de Lucas (il est blond avec des yeux verts et toutes les filles de la classe sont amoureuses de lui). Moi, je crois que c'est pour ça que Louise déteste Marine : elle est jalouse de sa place à côté du beau Lucas. Voilà le genre d'histoires que peut faire une fille : inventer un vol d'effaceur d'encre mais c'est même pas vrai, c'est un mensonge calculé pour se venger parce que Lucas a

parlé à Marine et qu'elle lui a
répondu ; que Lucas a rigolé et
Marine aussi. Louise est assise
juste derrière eux, elle leur a
demandé ce qu'il y avait de si
drôle mais ils ne l'entendaient pas
et ils continuaient à se parler et à

rigoler sans s'occuper de Louise qui était verte de rage.
Les filles, c'est compliqué. Je préfère encore me prendre un
coup de pied dans le tibia ou un coup de poing dans le pif
plutôt que de supporter leurs salades : « T'es plus ma copine »,
« T'es re ma copine », « Ben en fait, non, finalement, t'es PAS
ma copine ». C'est épuisant pour les nerfs. Le pire, c'est que
quand elles sont plus grandes, ça ne s'arrange pas du tout, au
contraire. Ma sœur Delphine, elle écrit toujours « je t'ador »
sur les blogs de ses amies, mais faut l'entendre parler d'elles :

« Je peux plus saquer Lina, elle
glousse comme une dinde », « Julie,
elle me colle, un vrai pot de glu »,
« Agathe est amoureuse de Robin,
mais il s'en fout complètement
de cette pétasse qui s'habille
comme une pute », etc., etc. (en
plus, les filles, parfois c'est vulgaire).

Et il y a toujours des histoires de garçons trop beaux et de copines jalouses et gnagnagna. C'est ridicule. Franchement, je suis content de pas être une fille, parce que les filles, elles passent leur temps à tomber amoureuses

alors que c'est tellement plus chouette d'être un Seigneur et Maître, d'avoir une armée à ses ordres et de zigouiller des orques. Mais les filles ne comprennent rien aux jeux intelligents. Je ne veux pas être raciste ou quoi, mais je trouve que leur bêtise est mille fois plus pénible que celle des garçons. Ce que je leur reproche, aux filles, c'est qu'elles détestent trop. Il faut TOUJOURS qu'elles aient quelqu'un à détester. Et quand elles détestent, c'est du sérieux, ça dure, c'est garanti un an au moins. Un garçon qui déteste, il donne un coup de poing, et après ça va mieux. Par exemple, si je pouvais donner un bon coup de boule à Ryan le taureau, ça me soulagerait.

Mais je peux pas faire ça, ce serait pas prudent. Déjà qu'il suffit de le croiser pour se retrouver à l'hôpital…

Bref, voilà pourquoi il m'arrive de penser que les filles sont plus bêtes que les garçons. Enfin, ça dépend… C'est vrai que Romain est capable d'être très bête, lui aussi. Et amoureux. Et jaloux. Et ridicule dans son pantalon slim. Et quand il me tire les oreilles parce que je ne peux pas lui laisser l'ordinateur, je le déteste carrément.

Bon, tout le monde est bête, en fait. C'est pas grave. Suffit de le savoir.

Pour oublier les histoires des filles, rien de tel que de regarder un bon truc à la télé. Et justement, ce soir, j'ai le droit parce que demain y a pas école et qu'en plus c'est un programme vachement intéressant et très instructif. Le titre, c'est « Chaos sur la planète », ça parle du réchauffement de la planète, enfin plutôt de ce qui va se passer à cause du réchauffage. Au début, c'est un peu ennuyeux, ça me fait penser à un cours de géographie, avec des cartes et une grosse voix grave qui explique que le climat est tout déréglé et que ça va empirer de plus en plus, et puis ça devient chouette : c'est comme un film, avec des gens, et ça se passe au Canada, dans une ville. La grosse voix dit que les désordres climatiques provoquent des pluies verglaçantes. Moi, je comprends pas bien pourquoi le réchauffement donne du verglas, mais Papa me dit que c'est parce que le climat est détraqué. Bref, le sol est comme une patinoire super glissante, ça entraîne un tas d'accidents de voiture et la pluie verglaçante continue à tomber. On voit des hommes qui se téléphonent en fronçant les sourcils et ça a l'air vachement réel ; je demande à Maman si c'est une histoire vraie et Papa dit « chut » et re-« chut ». Maman m'explique qu'il s'agit d'un docu-fiction, c'est-à-dire un documentaire sur ce qui va se passer. Alors je lui demande « Quand ? » et elle me dit qu'on ne sait pas exactement, et là Papa s'énerve parce qu'il n'entend rien et que c'est justement le moment critique où tout est archi gelé.

La voix dit « La glace étrangle la ville ». Les avions ne peuvent plus se poser parce que la piste d'atterrissage est verglacée alors ils tournent en rond dans le ciel et ils risquent de manquer de carburant ; il y a plein de blessés d'accidents de voiture partout et personne ne vient les chercher parce que ça glisse trop, les câbles d'électricité sont gelés et ils pètent. Les gens n'ont plus de chauffage et ça tombe mal puisqu'il fait hyper froid ; les arbres sont pleins de glace eux aussi et c'est trop lourd à porter pour les branches qui se cassent. Bref, tout va mal. Les ponts et les routes sont fermés. La voix dit « La glace paralyse la ville ». Les gens sont enfermés chez eux avec des bougies et les enfants gémissent. Tout à coup, une dame crie « Il neige ! » ; elle pleure de joie et ses enfants aussi. Ils sont tous soulagés et contents comme si c'était un miracle qu'il neige. Maman m'explique que le verglas va fondre, mais la grosse voix dit qu'il ne faut pas se réjouir trop vite et on voit une carte avec des flèches qui tournent en rond : c'est une tempête qui se prépare à cause des courants froids et des courants chauds qui se cognent les uns contre les autres. La tempête souffle hyper fort, elle casse des gros pylônes et les arbres gelés tombent sur les toits des maisons ; c'est encore pire que tout à l'heure, et là je vais faire pipi parce que ça presse trop.

Quand je reviens, la grosse voix parle de sécheresse et je dis que je suis content que ça aille mieux et qu'il n'y ait plus de pluies verglaçantes, mais Maman m'explique que non, ça va pas mieux, c'est juste la deuxième partie du documentaire et on a changé d'endroit. La voix parle de « El Niño », je demande à Maman « Qui c'est celui-là ? » et Papa dit « Chut, écoute donc ! » et la voix explique que c'est un courant marin qui perturbe les vents sur le Pacifique. J'ai pas tout compris sur El Niño mais en tout cas il fout un sacré boxon dans le climat lui aussi, et du coup il y a des grosses inondations à certains endroits et des grosses sécheresses ailleurs, comme en Australie et c'est justement là que se passe le docu-fiction, dans une ville qui s'appelle Sydney. Donc, El Niño a tout desséché et il y a des forêts autour de la ville, même que ça s'appelle le Bush et je demande à Maman qu'est-ce que le

président des Américains vient foutre dans cette histoire. Elle me répond que c'est un homonyme mais que les deux n'ont rien à voir et Papa me gronde en disant que si je ne ferme pas mon clapet, j'irai me coucher avant la fin de l'émission. Oh là là, El Niño, le Bush, les homonymes… ça devient dur à suivre, le docu-fiction. Bon, enfin, le Bush est méchamment desséché et en plus il y a un orage sec avec des vents violents mais pas du tout de pluie et c'est dangereux parce que ça crée des risques d'incendie terribles. On voit des campeurs dans la forêt ; un gars allume une cigarette et les pompiers qui passent par là lui disent de ne pas fumer à cause des risques d'incendie.

Ça a pas l'air de lui plaire, au gars, et quand les pompiers sont partis il va se balader dans le Bush et il rallume une cigarette. Ensuite il vide l'essence de son briquet par terre et il laisse tomber sa cigarette en souriant méchamment et paf, ça déclenche un feu. Je dis « Mais il est fou ! » et Papa braille « Tais-toi, nom de Dieu ! ». Maman m'explique que c'est un déséquilibré qui met le feu exprès, je crie « Pourquoi il fait ça ?! » et Papa me dit que c'est un pervers du feu. Je lui demande « Qu'est-ce que ça veut dire pervers ? » et il hurle « Ça veut dire DINGUE, et toi tu vas me rendre dingue aussi ! ».

Bon, c'est pas la peine de s'énerver comme ça… Pendant ce temps-là, les flammes ont vachement progressé à cause des vents violents et en plus le tonnerre provoque d'autres départs de feu ; du coup, il fait encore plus chaud, l'orage empire et l'incendie se transforme en tornade de feu qui ravage le Bush à toute vitesse. La tornade se rapproche de la ville et des mecs se parlent au téléphone en fronçant fort les sourcils. Les pompiers sont asphyxiés, la fumée est toute noire et cache le soleil ; le jour devient la nuit et les maisons commencent à brûler. Tout va mal. Et c'est pas fini, les ennuis sur la planète, parce que pendant que ça brûle en Australie, il y a

ÇA BRÛLE GRAVE, JOE !

des cyclones en Polynésie et des pluies infernales au Brésil ; c'est la catastrophe partout. Alors je demande « Qu'est-ce qui se passe en France ? » et Maman me dit que le climat est malade, qu'il y a de plus en plus de tempêtes, d'inondations, de canicules, en France et ailleurs.

Enfin voilà, c'est pas cool, le réchauffement de la planète, moi je dis qu'il faudrait refroidir tout ça avant que ça devienne comme dans le docu-fiction, mais Maman répond que ça n'est pas si simple et que les gaz à effet de serre sont en partie responsables du réchauffement climatique. Je propose qu'on arrête de faire des gaz mais Papa m'explique que ce sont les activités humaines qui produisent ces gaz à effet de serre : les voitures, les industries, etc., etc., et qu'on ne peut pas stopper ça facilement et que la pollution aggrave les choses. Pour ne rien arranger, certains présidents s'en foutent de faire des gaz, comme George Bush, par exemple.

Bon, ben c'est pas malin : à cause de George Bush, le Bush va cramer. Il est vraiment idiot, ce George. Ça me fout en colère et Papa me dit d'aller au lit mais ça m'empêche de dormir, toutes ces histoires de chaos sur la planète. Elle est foutue la terre, ou quoi ?

Ce matin, au petit déjeuner, Delphine pleurait. Elle reniflait en mangeant et sa tartine était pleine de larmes et de morve de nez. Elle m'énerve parfois, Delphine, mais n'empêche que j'aime pas la voir pleurer. J'ai pensé qu'elle avait du chagrin à cause d'une histoire de filles, de copines jalouses qui la détestent, par exemple. Et puis, comme elle pleurait encore plus fort, je me suis dit que c'était sans doute pour des histoires de garçons, et c'est encore plus grave. Peut-être qu'elle s'est fait larguer par SMS, comme Romain l'année dernière. Larguer, ça veut dire que la fille qu'il embrassait sur la bouche veut plus se faire embrasser par lui parce qu'elle a dégoté un garçon plus beau, ou plus *style*, enfin mieux, quoi… C'est pratique, de larguer un garçon par SMS. Suffit de lui envoyer un petit texto du genre « je tm plu c fini », et voilà ! N'empêche que, quand Romain s'est fait larguer par SMS, j'ai trouvé ça vraiment

dégueulasse de la part de la fille. Pauvre Romain, il était dans un état lamentable, comme dirait Papa. Il se traînait avec les épaules tombantes, la tête baissée, les yeux rouges et le nez en patate parce qu'il pleurait tout le temps, enfermé dans sa chambre à écouter de la musique de mec qui vient de se faire larguer (des chansons d'amour nulles avec des violons tristes). Le seul avantage pour lui, c'est que Maman avait interdit à Papa de le gronder pour ses notes à un seul chiffre parce que c'était pas la peine de l'accabler et qu'il était assez malheureux comme ça.

Bon, au bout d'un moment, je me suis dit qu'il en rajoutait un peu, Romain, et ça m'agaçait parce qu'il fallait tout le temps être hyper gentil avec lui. Il était dispensé de mettre la table et de débarrasser. Maman lui beurrait ses tartines le matin et pas les miennes. Faudrait quand même pas abuser, c'est pas parce qu'on s'est fait larguer par SMS qu'il faut se croire tout permis pendant des jours et des jours, et même pendant des mois. Il m'énervait tellement avec sa mine de largué, que j'ai changé d'avis : finalement, c'est très bien de faire ça par SMS. C'est rapide, c'est propre, ça évite de dire des choses désagréables pour expliquer pourquoi c'est fini et gnagnagna. Je trouve ça ridicule de poser des questions nulles, genre « Pourquoi tu m'aimes plus ? » en pleurnichant. Quand on aime plus quelqu'un, y a rien à expliquer parce qu'on ne peut pas forcer une personne à vous aimer. Le mec largué, il n'a qu'à pleurer un bon coup et puis penser à autre chose.

Enfin, le SMS, c'est tranquille pour celui qui largue, mais pas pour la famille du largué, et j'espère que c'est pas pour ça qu'elle pleure, Delphine, parce que Romain, il était d'une humeur de pit-bull pendant au moins un mois. Je pouvais plus toucher à l'ordinateur parce qu'il cherchait une nouvelle fille sur MSN. Il se défoulait en criant sur moi pour un oui ou pour un non. C'était l'horreur. Pitié! Je ne veux pas revivre ça avec Delphine.

Alors j'ai pris une toute petite voix douce pour lui demander pourquoi elle pleurait comme ça et elle s'est mise à sangloter encore plus avec des gros hoquets, ce qui fait qu'elle n'arrivait pas à parler. Ouh là là, ça sent mauvais, je me suis dit. Du coup, c'est Maman qui m'a répondu que son i-Pod Nano était cassé. Vous savez ce que c'est, un i-Pod, quand même? C'est un MP3 (un petit truc tout plat avec plein de musique dedans). Delphine, quand elle écoute pas Nirvana à fond dans sa chambre, elle écoute Nirvana à fond sur son i-Pod. Quand on se promène avec elle, elle met ses écouteurs et c'est pas la peine de lui parler, elle entend rien à part Nirvana.

Bref, j'étais soulagé qu'elle pleure pour son i-Pod cassé plutôt que pour une histoire de garçon. Alors j'ai dit « Ben super, c'est pas grave, alors », et là, Delphine m'a regardé comme si elle allait me tuer et elle a crié que c'était hyper grave et qu'elle pouvait pas vivre sans. C'était horrible, elle hurlait comme si on lui avait coupé un bras. Pfff, moi je comprends pas comment on peut se mettre dans un état pareil pour un i-Pod Nano. Faut pas exagérer. Maman a dit à Delphine de se

calmer et Romain a débarqué dans la cuisine avec sa tête de mauvaise humeur. Il s'est mis à ricaner parce que Delphine pleurait et ça l'a mise en colère, quelque chose de terrible ; elle a pris le téléphone portable de Romain et elle a dit qu'elle allait le foutre dans ma tasse de chocolat chaud. Romain a gueulé comme un putois « Touche pas à mon Samsung! » (il ne quitte plus son téléphone portable, surtout depuis qu'il s'est fait larguer par SMS). Papa est venu voir pourquoi ça criait comme ça dans la cuisine. Il était en train de mettre sa cravate et nous a grondés tous les trois (je ne vois pas pourquoi il me grondait MOI) en disant qu'on était des sales enfants gâtés matérialistes et qu'au prochain Noël on aurait une orange et c'est tout. Puis il est parti en claquant la porte. Romain et Delphine se sont encore disputés pour le portable et moi j'ai demandé à Maman « Qu'est-ce que ça veut dire, matérialiste? » et elle m'a répondu qu'être matérialiste, c'est aimer les biens matériels, alors j'ai demandé « C'est quoi, les biens matériels? » et elle m'a expliqué que c'était les objets, comme le i-Pod de Delphine ou le portable de Romain. Il a raison, Papa : ils sont beaucoup trop matérialistes, Delphine et Romain, et idiots par-dessus le marché; ils ont énervé Papa et moi ça ne me dit rien du tout d'avoir une orange pour Noël. Je voulais commander la nouvelle console de jeux Nintendo DS Lite trop belle, j'hésite entre une noire et une bleue mais je veux pas d'orange. Et voilà, c'est malin, si ça se trouve, j'aurai rien, tout ça à cause de ces deux imbéciles matérialistes! En plus on s'en fout, de leur Samsung et de leur i-Pod Nano. Moi, ça fait des mois que j'y pense, à ma console Nintendo DS Lite. Si je l'ai pas à Noël, je me trucide.

C'est une journée pourrie de chez pourrie. Tout va mal. Ce matin, je me suis disputé avec Sébastien à cause de Nini parce qu'il veut la récupérer maintenant, tout de suite après l'école. Il m'énerve, il m'en parle tous les jours depuis deux ou trois semaines et il faut toujours que je lui rabâche la même chose : que Nini a encore besoin de mon instinct maternel et qu'elle va dépérir s'il la prend trop tôt parce qu'il est incapable de lui donner le biberon correctement.

Mais aujourd'hui il ne voulait rien entendre ; il m'a carrément coupé la parole et il s'est mis en colère. Il trépignait. Il m'a dit que son père allait venir chercher Nini, qu'il me casserait la gueule (en plus, il parle mal pour un petit de CP) et que son père était très fort et qu'il avait des poings en acier. Il m'a tellement énervé que j'avais presque envie que Ryan le taureau lui fonce dessus pour qu'il arrête de me menacer avec

son père aux poings d'acier. Mais Ryan est toujours là quand il faut pas et jamais quand on a besoin de lui. Donc, j'ai dit à Sébastien qu'il pourrait venir chercher Nini après-demain, parce qu'aujourd'hui elle avait vomi et que demain elle devait se reposer et surtout pas mettre le nez dehors. Sébastien a dit que je me foutais de sa gueule (décidément, il parle comme une racaille, ce petit bouffon) et que j'avais intérêt à lui ouvrir la porte quand il viendrait chercher Nini avec son père. Alors je lui ai dit « D'accord, t'as qu'à venir ce soir mais ce sera tant pis pour toi si Nini te vomit dessus ». Après, j'étais tout triste et j'avais envie de jouer à rien. Delphine peut pas vivre sans son i-Pod Nano, et moi je peux pas vivre sans Nini. J'ai pensé que j'allais passer une nuit sans elle, que demain je me réveillerais et qu'elle serait plus là pour me léchouiller le pif. J'avais tellement envie de pleurer que je voyais tout flou à cause des larmes qui voulaient sortir de mes yeux. Kevin m'a demandé « Qu'est-ce que t'as ? » et il m'a filé un coup de poing dans le ventre pour rigoler. Du coup, j'ai pleuré pour de bon, même que j'arrivais plus à m'arrêter mais en fait je pleurais à cause de Nini et pas à cause du coup de poing. Kevin a encore dû recopier « Je ne frapperai plus mes camarades ».

Et c'est pas tout. Je crois que je ne crois pas en Dieu. J'en suis pas très sûr, mais je pense qu'il n'existe pas. Par contre parfois, j'ai l'impression que le diable existe. Parce que des journées comme aujourd'hui, c'est impossible de faire pire. J'ai rien compris aux maths ni à la conjugaison, j'écoutais mais je pouvais pas penser à autre chose qu'à Nini et j'ai eu des notes nulles : 3,5 et 4 sur 10. J'avais qu'une hâte, c'était de rentrer chez moi. Mais après l'école, je reste à l'étude et là, ça s'est encore mal passé. Maman me donne toujours des gâteaux pour le goûter et ça fait des envieux parce que certains enfants n'ont rien à manger et qu'ils veulent voler les goûters des autres. Moi, je me dépêche toujours de bouffer le mien avant qu'on me le pique, mais cette fois-ci j'ai pas été assez rapide et Renaud s'est approché de moi quand j'étais en train de déballer mon Savane au chocolat. Renaud, il est en CM2 et il a redoublé pas mal de classes donc il est vraiment beaucoup plus grand que moi. Il me souriait mais j'aimais pas trop son sale sourire. J'ai voulu croquer dans mon Savane, il m'a pris le bras en me disant que ça avait l'air bon et il m'a proposé que je lui file mon goûter. J'ai dit que je préférais le garder parce que j'avais faim mais il a répondu que ça tombait mal parce qu'il avait faim lui aussi et que ça le rendait méchant d'avoir faim et rien à manger. Puis il m'a donné une tape sur la tête en me demandant si j'avais compris. J'ai dit oui et il a pris mon goûter sans dire merci ni rien. Ça s'appelle du racket de goûter, c'est horrible mais ça arrive tout le temps. C'est injuste de filer son goûter gratuitement à un gars qu'on déteste ; on se sent nul comme une crotte parce qu'on a envie de lui arracher les yeux et de lui péter les dents mais on bouge pas un doigt parce qu'on a trop la trouille et on obéit comme un chien à son maître, même que parfois on est obligé de dire « Merci, Seigneur » et ça, c'est insupportable, parce

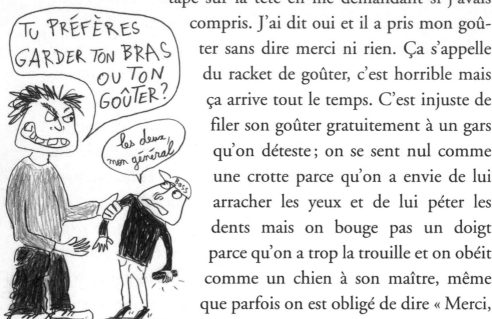

que dans mon jeu de stratégie c'est moi le Seigneur. Après, je suis rentré à la maison et je voyais flou à cause de mes larmes. Aujourd'hui, personne ne m'aime, tout le monde est méchant avec moi. J'ai pris Nini dans mes bras, elle m'a griffé le nez et elle voulait pas me faire de câlin. C'est bien ce que je disais : personne ne m'aime. Alors je lui ai crié « Prépare tes affaires, c'est ton dernier jour ici, tu vas partir avec Sébastien et son père aux poings d'acier. T'auras rien à boire ni à manger, là-bas ». Et j'ai pleuré et Nini s'en foutait. Je continue à lui donner le biberon, mais c'est vrai que depuis quelque temps, elle le mordille pour jouer. Je crois qu'elle préfère manger du Whiskas dans l'écuelle de Monica mais elle est pas tranquille quand elle fait ça, elle a les oreilles couchées en arrière et elle jette des petits coups d'œil par-dessus son épaule de chat pour voir si Monica se pointe. Monica a horreur de se faire piquer son Whiskas par Nini. C'est simple, maintenant, elle déteste sa fille. Elle ne s'en occupe plus du tout et on dirait qu'elle veut la chasser de la maison. Moi, je trouve ça moche d'avoir un instinct maternel aussi minable. Comme je ne supportais pas de regarder Nini grimper dans les rideaux sans faire attention à moi, je me suis dit que j'allais jouer sur l'ordinateur, mais évidemment Romain le squattait et il m'a dit « Dégage, le nain » et ça m'a fait encore pleurer. D'habitude, quand on pleure, Romain ricane aussi sec mais là, il m'a demandé ce qui m'arrivait, alors je lui ai tout raconté : que Nini allait partir et que je m'étais fait racketter mon goûter. C'est bizarre, mais il écoutait sans se moquer de moi, il a même été très gentil, il m'a dit qu'on allait faire une partie tous les deux sur l'ordinateur et c'était chouette parce qu'il m'a expliqué plein de trucs pour exterminer les orques encore plus vite. C'était génial de jouer avec Romain comme avant, quand on construisait des Lego ensemble, mais au bout d'un quart d'heure il m'a dit qu'il fallait qu'il retourne sur MSN pour parler à sa nouvelle copine. « T'as une nouvelle copine ? » j'ai demandé. Il m'a répondu qu'elle s'appelait Aude et qu'elle était canon. Il était vraiment fier.

On a entendu la sonnette et j'ai dit à Romain « Va ouvrir, c'est le père de Sébastien avec ses poings d'acier ». C'était bien lui, mais il était petit et maigre et quand on lui a serré la main, elle était normale. Sébastien, il était tout gentil et content d'embarquer Nini. Son père a vu que j'avais les larmes aux yeux et il m'a dit que je pourrais venir la voir tous les jours si je voulais. J'ai fait oui avec la tête parce que je pouvais pas parler sinon je me serais mis à sangloter comme Delphine pour son i-Pod. Ils sont partis avec Nini et Romain a vu que j'étais triste ; il m'a proposé de jouer encore avec lui sur l'ordi et j'ai refait oui avec la tête. Je la connais pas, sa copine Aude, mais je l'aime beaucoup.

J'ai défoncé des armées d'orques comme jamais je l'avais fait avant, mais malgré ça j'étais pas tellement joyeux. J'ai rien mangé au dîner parce que j'avais pas faim. Maman était inquiète, alors elle m'a pris ma température et elle m'a fait des gros câlins ; elle m'étouffait un peu et j'avais envie de voir Nini. Je vais me coucher parce que ça suffit pour aujourd'hui. Il y a des jours comme ça où on a envie de dormir pour arrêter de vivre.

Nini et moi, on est séparés. Je suis triste, mais c'est la vie. Dans ma classe, j'ai plein de copains qui ont des parents séparés. Arthur habite chez sa mère et il va chez son père le week-end. Julien habite chez son père le lundi, le mardi et le mercredi, et chez sa mère le jeudi, le vendredi et le samedi ; et un dimanche sur deux chez son père, euh, non, c'est le contraire... Enfin bon, c'est compliqué, je m'y retrouve plus. Quand je veux téléphoner à un copain, je sais jamais s'il est chez son père ou chez sa mère.

Parfois, ça se passe bien avec les belles-mères et les beaux-pères, mais pas toujours. Julien n'aime pas trop sa belle-mère, il dit qu'elle est méchante et que quand elle se force à être gentille, c'est encore pire. Elle lui offre des trucs nuls comme par exemple un petit chien ridicule en porte-clés et il doit se forcer à lui faire un grand sourire et à dire « Merci Hélène ».

Il dit qu'elle pue de la bouche, qu'elle est idiote et moche et il l'appelle « la vilaine haleine ». Je l'ai vue un jour à la sortie de l'école et j'ai trouvé qu'elle était pas si moche que ça, mais bon, je comprends que Julien la déteste parce qu'il pense qu'elle a volé son père. Moi, c'est pareil, parfois je déteste Sébastien parce qu'il m'a volé Nini. Quand les gens se séparent, il y en a souvent un qui est plus malheureux que l'autre. Le père de Julien est parti avec Hélène, et sa mère est restée toute seule. Moi aussi, je suis resté tout seul, après Nini.

De temps en temps, il m'arrive de penser que mes parents pourraient divorcer, eux aussi. En tout cas, s'ils me demandent mon avis, je leur dirai qu'il n'en est pas question. Ça se fait pas de divorcer comme ça, pour un oui ou pour un non. C'est vrai que parfois ils s'engueulent fort. Maman dit qu'elle en a marre de tout se taper dans la maison et elle s'énerve parce que Papa ne sort jamais les poubelles mais franchement, c'est pas un motif sérieux pour divorcer. J'ai quand même un peu la trouille que Papa rencontre une femme plus jeune que lui (et que Maman), comme Hélène, qui est plus jeune que le père de Julien. Mais je pense que j'ai pas trop de souci à me faire parce que Papa perd ses cheveux de plus en plus et que c'est franchement pas un canon, comme dirait Romain. Donc, ça m'étonnerait qu'il plaise à une femme plus jeune que lui. Ou alors à une moche, mais je vois pas l'intérêt de changer de femme pour une plus moche que celle qu'on a. Maman, c'est pas un canon non plus, remarque, mais j'irais pas jusqu'à dire qu'elle est moche. Par contre, elle râle beaucoup parce qu'elle est fatiguée et qu'elle en a ras-le-bol de travailler toute la journée pour un patron pénible et de rentrer faire la bonniche à la maison, de s'occuper de nous et de ramasser nos chaussettes sales qui traînent par terre ; on est des porcs parce qu'on laisse des traces de caca sur la cuvette, personne ne l'aide et elle passe sa vie à faire des corvées et gnagnagna… Peut-être qu'elle a des bonnes raisons de râler, n'empêche que quand elle râle, elle est presque moche. Mais quand Papa se vautre devant la télé en

EN TOUT CAS, TU TROUVES TOUJOURS LE TEMPS DE RÂLER

se curant le nez, il n'est pas très sexy non plus. Donc, match nul. Alors je suis plutôt rassuré : il vaut mieux avoir des parents plus très jeunes et pas trop beaux, j'ai l'impression que c'est moins risqué, question divorce.

Ça me met de bonne humeur, tout ça. Même si Nini me manque beaucoup, je ne suis pas le genre de gars à pleurnicher sur mon sort pendant des jours et des jours. D'ailleurs je vais souvent la voir chez Sébastien, Nini, et je l'adore toujours, mais je me rends compte qu'elle grandit très vite et je vois d'ici le moment où elle va préférer jouer avec les matous plutôt qu'avec Sébastien. Moi je dis que ça va pas tarder et que ce sera bien fait pour lui. Voilà.

Je suis content : c'est bientôt Noël et j'ai commandé une console Nintendo DS Lite noire. Elle est trop belle, j'y pense tous les jours. Je suis tout de même un peu inquiet à cause de la phrase de Papa, le jour où il nous a traités de matérialistes. Il disait qu'on aurait une orange à Noël et puis c'est tout. Il paraît qu'autrefois, les enfants ne recevaient rien d'autre qu'une orange et qu'ils étaient très contents parce que c'était rare, une orange, et ils se régalaient. Moi je dis tant mieux pour eux, mais ça ne m'empêche pas de penser qu'ils étaient un peu bébêtes, les enfants d'autrefois. Enfin c'est normal, à cette époque, les consoles, ça n'existait pas. En fait, y avait rien, c'est pour ça qu'ils se contentaient d'une orange. Pas d'ordinateur, pas de téléphone portable, pas d'i-Pod, rien quoi… C'était nul, d'être un enfant au siècle dernier, suffit de regarder la photo de Grand-Père petit pour s'en rendre

compte, avec ses petites jambes toutes maigres dans sa petite culotte courte pas du tout *style*. Il est tellement vieux, Grand-Père, qu'à son époque la télé n'existait même pas. C'est dingue, non ? Je lui ai demandé comment il faisait quand il était enfant pour se passer de télé, de console et d'ordinateur, et il m'a dit qu'il ne s'ennuyait jamais, il ramassait des châtaignes, il courait après les papillons, il faisait du vélo, il jouait avec ses soldats de plomb et son train électrique. « Alors tu vois que t'avais pas qu'une orange à Noël ! » j'ai dit. Il a répondu « C'est vrai, mais j'étais beaucoup moins gâté que toi ».

J'en ai marre, à la fin, de me faire traiter d'enfant gâté tous les jours. Hier, j'ai reparlé de ma console à Papa et il m'a demandé combien elle coûtait. Je lui ai répondu qu'elle était pas chère : 149,99 euros. Il a bondi dans son fauteuil et il m'a répondu « Et tu trouves que c'est pas cher ?! Tu sais combien ça fait, en francs ? Ça fait près de 1 000 francs, 1 000 FRANCS, tu te rends compte ! ».

Ben non, je me rends pas compte. Pour moi, les francs, c'est du chinois. Ils sont pénibles, les vieux, avec leurs francs, c'est la monnaie des dinosaures. C'est fini, les francs, faut se mettre à l'euro, maintenant ! Moi, je m'en fous complètement des francs, ça m'embrouille la tête. Déjà que j'aime pas compter en euros, alors en francs... L'autre jour, je voulais une petite figurine magnifique qui ne coûtait que 3 euros, c'est rien du tout, 3 euros, et Maman m'a dit « C'est cher, 3 euros, ça fait 20 francs ». Faudrait vraiment débrancher le franc dans leur cervelle, aux parents. Ils me disent toujours que pour moi, un euro, c'est comme un franc, mais qu'en fait ça fait six fois plus qu'un franc et que tout a horriblement augmenté depuis le passage à l'euro, sauf les salaires. Donc, si j'ai bien compris, ils ne gagnent pas plus d'argent, mais ils en dépensent six fois plus qu'avant. « Alors vous êtes six fois plus pauvres ? » j'ai demandé. « Pas tout à fait, mais presque », a répondu Papa. J'avoue que c'est un peu ennuyeux mais j'y suis pour rien, moi, et c'est pas une raison pour se venger en me refilant une orange à Noël à la place de ma console DS Lite noire à 149,99 euros.

Franchement, c'est énervant de se faire traiter d'enfant gâté à tout bout de champ. C'est pas parce qu'on a une jolie console qu'on est gâté, en plus c'est pas drôle de se faire racketter son goûter, et puis moi ça m'inquiète que le climat soit complètement détraqué. Et j'ai la trouille de devenir un vieux clochard, alors on peut pas dire que je sois gâté. Si je l'étais vraiment, je serais riche pour toute ma vie. Mais je ne sais pas du tout ce qui va se passer plus tard, je préfère pas trop y penser et profiter de ma console en attendant le chaos sur la planète. J'ai dit ça à Papa et il m'a répondu d'arrêter de me plaindre parce que j'étais privilégié et qu'il y avait un tas d'enfants dans le monde qui n'avaient rien à manger et même pas à boire. Pffff… Privilégié : encore un mot que j'aime pas. On est des enfants gâtés matérialistes privilégiés. Et puis quoi encore ? J'en ai marre qu'on me parle de ces pauvres enfants qui n'ont rien à se foutre sous la dent. C'est comme pour

avec l'argent d'une console, on me nourrirait pendant un an

l'euro qui coûte six fois plus cher : j'y suis pour rien, moi ! Je crois que Papa devient radin, il veut nous refiler une orange et un verre d'eau à Noël en nous expliquant qu'on est des privilégiés, mais faut pas me prendre pour un crétin de base. S'il me refourgue une orange à la place de ma console, je démissionne (c'est ce que dit toujours Maman quand elle n'est pas contente de son patron, mais en fait elle ne démissionne jamais).

Franchement, ça existe pas, un Noël avec juste une orange. Je peux pas croire que Papa va nous faire ce coup-là, il n'est pas pervers à ce point, quand même.

Je suis tout de même embêté que Papa et Maman soient six fois moins riches qu'avant. J'ai reparlé de tout ça avec Maman parce que je voulais savoir pourquoi tout était six fois plus cher, sauf son salaire, et elle m'a répondu que c'était la crise et qu'il y avait beaucoup de chômage ; que les patrons en profitaient pour bloquer les salaires des autres mais pas leurs salaires à eux et qu'ils gagnaient de plus en plus d'argent, et les autres de moins en moins. « Faut qu'ils en donnent un peu aux autres, alors, et tout le monde sera content », j'ai proposé. Et elle a rigolé en haussant les épaules.

Je trouve que tout ça est mal foutu. Si les patrons prennent tout l'argent pour eux, faut pas qu'ils s'étonnent de se faire traiter de « Dieu le chieur » et de « Pédégérard ». C'est vilain d'être radin comme ça et puis à quoi ça sert d'avoir trop d'argent ? À rendre les gens jaloux. Je pense qu'il faut avoir juste assez d'argent pour s'acheter ce dont on a besoin. Par exemple, moi, à Noël, je veux ma console DS Lite noire et puis c'est tout. Enfin, elle est très belle à regarder mais il me faut quand même quelques disquettes pour jouer et j'aimerais aussi avoir le paquet de cartes avec le « Dragon au crâne maléfique » et trois figurines Star War et des BD de Dragon Ball Z. J'ai dit à Maman que tout ça ne coûtait pas très cher, en tout cas

moins cher que son salaire, donc qu'il n'y avait pas de problème pour Noël et qu'elle gagnait assez d'argent pour tout ça. Elle m'a répondu en criant qu'il fallait aussi qu'elle paye notre nourriture, nos vêtements, le crédit de la maison, les factures d'électricité et de téléphone, les impôts et plein d'autres trucs, j'ai rien compris… Ça va, c'est pas la peine de me postillonner dessus comme ça, j'y suis pour rien, moi, si Pédégérard prend tout l'argent pour lui !

Finalement, je me dis que ça vaut le coup d'être patron, même si c'est pas très agréable de se faire traiter de « Dieu le chieur ». Suffit de se boucher les oreilles et d'empocher l'argent. Si on en a trop, c'est pas grave, on peut toujours en donner aux clochards.

Bref, tout ça pour dire que je suis un peu inquiet pour ma console. J'aurais jamais imaginé qu'il fallait payer de l'électricité dès qu'on allume la lumière, de l'eau dès qu'on tire la chasse, et du gaz dès qu'on fait cuire un œuf. C'est fou, TOUT est payant. Ça coûte trop cher, de vivre ! Et un bébé qui va naître, il doit payer pour avoir le droit de sortir du ventre, ou quoi ? Et qui ramasse tout l'argent ? Les patrons ! Moi, je dis que c'est dégueulasse. Les patrons, ils se prennent pour des rois, ils ont droit à TOUT, et les autres à RIEN. Il paraît même qu'ils gagnent plus d'argent que le président de la République. Je trouve ça complètement dingue.

Quand je serai une star et que je m'appellerai Brad, je passerai à la télé et je dirai ce que je pense des patrons radins.
En tout cas, plus tard, je serai soit une star, soit un patron. Parce que j'ai pas envie de me priver de console pour payer l'électricité et le gaz. Je m'en fous d'être riche, mais je veux pas vivre comme un pauvre.

Il y a très très longtemps, quand j'étais petit, je croyais au
Père Noël. Maman me disait « Sois bien sage parce que le
Père Noël te voit et il récompense les enfants sages ». Alors je
faisais tout ce qu'il fallait pour qu'il soit content de moi. Et
puis un jour, Kevin m'a filé un grand coup de poing dans le
ventre en me disant que c'était de la part du Père Noël ; il a
rajouté qu'il n'existait pas et qu'il avait vu un épisode de sa
série d'experts en cadavres avec un Père Noël serial-killer. De
toute façon, à l'époque, je me doutais déjà que c'était bidon.
Maintenant, faut arrêter de prendre les petits enfants pour
des crétins. J'ai prévenu Sébastien que le Père Noël n'existait
pas mais cet imbécile ne voulait pas me croire, alors je l'ai juré
sur la tête de Nini et il s'est mis à pleurer parce qu'il était déçu.
Pour le consoler, je lui ai dit que c'était comme ça et qu'il n'y
avait pas de quoi se rendre malade, parce que l'essentiel, c'est

quand même d'avoir des cadeaux. Je lui ai dit aussi que c'était comme Dieu, plein de gens font semblant d'y croire alors qu'il n'existe pas. Sébastien m'a répondu que si, il existe, et il a pleuré encore plus; il ne pouvait plus s'arrêter et sa maîtresse est venue nous voir et lui a demandé pourquoi il pleurait comme ça. Sébastien a expliqué en reniflant que c'était parce que je lui avais dit que Dieu et le Père Noël n'existaient pas. La maîtresse n'était pas contente et elle m'a fait une leçon de morale pour m'expliquer que chacun a le droit de croire ce qu'il veut et qu'il ne faut pas briser les rêves de Père Noël des petits de CP. Je lui ai répondu que je voulais juste lui dire la vérité sur Dieu et le Père Noël et qu'il n'y a pas de mal à dire la vérité pour rendre service à quelqu'un. Franchement, c'est nul de faire croire aux enfants qu'il suffit d'être sage pour que le Père Noël soit généreux, alors que ça n'a rien à voir parce que si les parents ont des problèmes pour payer l'électricité, on risque de se retrouver avec une orange sous le sapin. Je ne sais pas quel est l'imbécile qui a inventé Dieu et le Père Noël, mais je ne lui dis pas merci. Il paraît même qu'il y a des gens qui se font la guerre à cause de Dieu, je trouve ça dingue. Vous imaginez qu'on fasse la guerre à des gars parce qu'ils ne croient pas au Père Noël, ce serait complètement débile, non ?

Tout ça pour dire que moi et mes copains, il y a belle lurette qu'on ne croit plus au Père Noël, mais ça ne nous empêche pas de parler de nos cadeaux. Kevin a commandé un vrai microscope pour analyser des cadavres d'animaux, Julien une console PSP et un jeu qui s'appelle « Shadow of Chernobyl », avec des mutants irradiés horribles qui se bagarrent à la Kalachnikov, c'est génial. Margot veut un micro amplificateur pour chanter comme à la Star Academy (moi, je dirais plutôt pour hurler dans les oreilles de ses parents). Les filles ont des goûts nuls, pour les cadeaux. Ma sœur Delphine a demandé un petit portable à clapet encore plus beau que le Samsung de Romain, et aussi des boucles d'oreilles en tête de mort. En ce moment, Delphine adore les têtes de mort. Elle en a partout : sur ses tee-shirts, sur son sac à dos, sur son porte-monnaie, en bracelet et en bague. Maman dit qu'elle en a marre de toutes ces têtes de mort, elle trouve que c'est malsain et morbide, et Delphine lui répond que c'est *style*. Je pense quand même que Maman a raison : c'est glauque, tous ces os de squelette, et en plus c'est moche. Par contre, le « Dragon au crâne maléfique », il est vraiment *style*. Quand je l'aurai, je pourrai l'invoquer avec « Tombe infernale » et il battra même « Zombie des ténèbres ». Trop fort.

En fait, ce que j'aurais vraiment voulu avoir pour Noël, c'est un chaton comme Nini, sauf qu'il ne grandirait jamais et qu'il resterait toujours une adorable boule de poils qui joue avec moi et qui me mordille le nez avec ses petites dents pointues. Mais c'est impossible. Même s'il existait, le Père Noël ne pourrait pas faire ça pour moi.

On a décoré le sapin. **Quand** je dis « on », ça veut dire Maman et moi. Mon frère et ma sœur s'en foutent complètement, du sapin, et c'est tant mieux parce que Delphine serait capable de suspendre des têtes de mort aux branches, ce serait atroce. Moi, j'aime bien accrocher les boules et j'adore l'ambiance de Noël. Là où j'habite, toutes les maisons sont exactement pareilles, mais au moment de Noël, les voisins font un concours de décorations. Chez nous c'est minable, on a juste du houx sur la porte parce que Papa dit que c'est ringard d'en faire trop. Par contre dans le jardin d'à côté, on se croirait chez Alice au pays des ampoules. Il y a des bambis en guirlande sur le mur, des Pères Noël en guirlande sur la cheminée, des sapins en guirlande sur le toit, des nains en guirlande sur la pelouse, c'est magnifique. Papa trouve ça immonde et il dit que c'est sinistre, ces guirlandes, et que ça lui donne envie de pleurer. Je ne vois vraiment pas pourquoi. À mon avis, c'est plutôt à cause de ses cheveux qu'il a envie de pleurer, parce qu'à chaque Noël son front est un peu plus dégarni.

Hier, on a ramené nos bulletins du premier trimestre à la maison et ça se pourrait bien que ce soit aussi un motif d'avoir envie de pleurer pour Papa. Pas à cause du mien, je travaille bien, j'ai des bonnes notes presque partout sauf en géométrie parce que mes schémas sont pleins de traces de doigts. Sauf aussi en calcul, où c'est pas terrible terrible, et sauf un peu en conjugaison et en grammaire. Mais tout le reste ça va, et la maîtresse a écrit comme appréciation géné-rale : « Gustave pourrait faire mieux s'il se concentrait davan-tage en classe. » Moi, je suis satisfait de mon bulletin. De toute façon, pour être une star, c'est pas la peine d'être un as du calcul et de la grammaire. Y a qu'à voir Johnny Hallyday, il a une belle grosse voix mais je suis sûr qu'il compte comme une patate et qu'il ne sait même pas conjuguer le verbe chanter au plus-que-parfait.

Bref, c'est pas non plus à cause du bulletin de Delphine que Papa pourrait avoir envie de pleurer. Il est « correct dans l'ensemble mais attention aux bavardages ». Par contre, le bul-letin de Romain n'est pas super terrible. On peut même dire qu'il est carrément mauvais, avec quasiment que des notes à

un seul chiffre sauf en éducation physique où il a 12, mais il est quand même content de lui parce qu'il a 8 de moyenne en maths et que l'an dernier il avait 5. Papa a pris son grand front dans ses mains et il a prononcé plusieurs petites phrases comme « Tu me désespères », « Mais qu'est-ce qu'on va faire de toi », « Si ça continue, tu vas passer ton bac à 25 ans »…

137

J'ai eu peur qu'il se mette à crier sur Romain très fort et que ça fasse exploser les boules de Noël, mais il avait l'air trop anéanti pour s'énerver. Romain regardait par terre, Papa a soupiré et s'est mis à lire son journal de sport ; Romain est parti sur la pointe des pieds pour parler sur MSN à sa nouvelle copine canon, genre :

– slt sa va ?

– ta u ton bult1 ?

– on peu parlé d'ot chos stp ?

– pourkoi il é pouri ?

– il é pa top

Pauvre Romain, il déteste le lycée. Quand il travaille pour l'école, on dirait que ça le tue, il est tout de suite fatigué. Moi, je suis triste pour lui et ça m'inquiète qu'il se spécialise dans les notes à un seul chiffre. Et je suis encore plus triste parce que je crois que je ne peux rien faire pour l'aider.

Youhou, J-2 ! Ce matin, on est partis en Alsace. On va passer Noël dans la famille de Papa. Il paraît que là-bas, il y a plein de guirlandes partout et que les villes sont très bien décorées. Comme à chaque départ en vacances, Papa a grondé Maman parce qu'elle prend toujours trop de bagages et il s'énerve pour tout caser dans le coffre de la voiture. Il bouscule les valises en râlant que c'est stupide d'être chargé comme ça pour partir seulement quatre jours.

Je me suis disputé avec Romain et Delphine : ils veulent toujours que ce soit moi qui me mette au milieu, ils disent que j'ai des petites jambes et que je suis maigre et je leur réponds que c'est pas une raison pour que je me coltine la place la plus pourrie. Papa a dit « Vous irez tous les trois au milieu à tour de rôle, on commence par Gus ». Ben voyons. À chaque fois, je me fais avoir.

Papa a fermé le coffre en grognant et il a démarré. Il y avait des embouteillages sur l'autoroute et ça m'énervait d'entendre le petit bruit de la musique de Nirvana dans le i-Pod de Delphine ; je lui disais de baisser le son mais elle n'entendait rien alors j'ai été obligé de lui tirer un peu les cheveux pour qu'elle comprenne que je lui parlais et elle a hurlé super fort

« Ça va pas la tête, t'es malade ! » en me donnant un coup de coude dans les côtes. Papa a sursauté et il a crié qu'il ne fallait pas hurler comme ça quand il conduisait parce que ça le déconcentrait et que c'était dangereux. J'ai pleuré un peu parce que j'avais mal aux côtes mais au lieu de me consoler, Papa m'a dit de fermer ma gueule.

J'ai pensé que les vacances commençaient mal, que ce voyage était hyper long et que ça faisait des heures que j'étais au milieu, alors j'ai demandé à Maman si on pouvait changer parce que c'était au tour de Delphine ou de Romain de prendre la place pourrie, mais elle m'a répondu « Pas tout de suite ». Après, j'ai voulu savoir si on était bientôt arrivés et elle m'a dit « Non ». J'ai soupiré et j'ai dit que j'avais mal au dos, que j'étais tout serré parce que Romain prenait toute la place en écartant ses grandes jambes de grenouille slim ; je lui ai filé un coup de genou pour qu'il se pousse et il a braillé comme un putois parce qu'il s'était gouré dans son SMS à cause de moi. Quand il n'est pas sur MSN avec sa copine canon, il lui envoie des SMS.

Moi, je voulais pas y aller, en Alsace. Il fait froid là-bas et j'aime pas la choucroute. Tout ce qui m'intéresse, c'est d'avoir ma console Nintendo DS Lite noire, je trouve ça inutile de faire 500 kilomètres pour aller manger de la dinde avec mes cousins alsaciens.

Après, j'ai eu envie de faire pipi et on s'est arrêtés dans une station-service. Papa a bu du café et on a acheté une bouteille de Coca et des chewing-gums. Delphine portait la bouteille de Coca et elle la secouait en rythme en écoutant Nirvana dans son i-Pod. On est remontés dans la voiture après s'être disputés parce que je voulais pas me taper encore la place pourrie du milieu et c'est Romain qui y est allé en me traitant de petit bâtard. Ensuite, il a voulu boire du Coca. Il a ouvert la bouteille et le Coca a giclé partout : sur son pantalon slim, sur les sièges et même sur le levier de vitesses. Romain n'arrêtait pas de crier « Merde, fait chier ! Mon pantalon ! » et Papa criait aussi, mais à cause des sièges tout tachés ; Maman grondait Delphine parce que c'était vraiment une mauvaise idée d'avoir secoué le Coca comme ça et Delphine faisait comme si elle n'entendait pas avec son Nirvana à fond. Papa hurlait « Delphine, éteins ton i-Pod ! » mais, comme elle ne répondait pas, il lui a carrément arraché les écouteurs et Maman a dit à Papa « T'es malade, regarde la route ! » et Delphine a pleuré parce qu'elle avait peur que son i-Pod soit cassé.

Je ne sais pas pourquoi, mais on s'engueule toujours, en voiture. Il doit y avoir des ondes d'engueulade sous les sièges, ou dans le volant. Bref, c'était vraiment pénible, ce voyage. À chaque fois que je demandais « On est bientôt arrivés ? », tout le monde me répondait méchamment « NAN » (Papa) ou

« Tais-toi, le gnome » (Romain) ou même « Ferme ta bouche puante » (Delphine). J'ai bien le droit de me renseigner, c'est pas la peine d'être désagréable comme ça.

Finalement, on est quand même arrivés chez oncle Pierre, le frère de Papa. Il nous a demandé comment s'était passé le voyage et Maman a dit « Très bien » avec un grand sourire. Menteuse, même pas vrai.

Tout compte fait, je suis content d'être venu et de retrouver tous mes cousins. J'aime bien Arthur, il a mon âge, on s'échange des cartes et on rigole bien ensemble. J'ai aussi trois cousines : Jade, Lola et Lucie. Elles jouent entre filles et c'est très bien comme ça. Oncle Pierre, le frère de Papa, a un bébé de 2 ans qui s'appelle Éloi (le pauvre, c'est encore pire que Gustave) ; il est mignon mais je trouve qu'il ne dort pas assez. Je suis obligé de le gronder fort pour qu'il comprenne qu'il ne faut pas froisser les cartes ni les mordiller et il se met à pleurer en hurlant. Oncle Pierre débarque et nous demande en fronçant les sourcils « Qu'est-ce qui se passe, pourquoi Éloi pleure comme ça ? ». Je lui réponds que c'est parce qu'il est fatigué et qu'il est temps de le mettre au lit et de lui donner sa tétine à sucer au lieu de ma carte du dragon aux naseaux d'acier. En plus, il pue de la couche parce qu'il a la diarrhée. Oncle Pierre nous a dit qu'Éloi avait été malade la semaine dernière parce qu'il avait attrapé une gastro-entérite à la crèche et qu'il l'avait refilée aussi à ses parents mais que tout le monde était guéri. N'empêche, il sent quand même drôlement mauvais, Éloi.

À part Grand-Mamie qui est trop vieille pour supporter un long voyage, toute la famille de Papa est là : Papy et Mamie, tante Marion et son mari oncle Bertrand, oncle Pierre et sa femme tante Aline, et tante Christine qui est seule depuis qu'elle a divorcé. Les adultes ne font que parler de ce qu'on va manger. Il y aura du foie gras, du saumon, de la dinde, de la bûche et plein de trucs bons, des truffes et tout et tout. Papy et oncle Bertrand parlent de vin et de champagne. Moi, ce qui m'intéresse, c'est ma console Nintendo DS Lite noire.

Ce soir, c'est le repas du Réveillon et il y a des escargots. C'est bon, j'aime bien ça. Papy aussi, il adore les escargots, il a mangé les siens et ceux de Jade qui n'en voulait pas et il a même saucé tout le beurre à l'ail avec du pain. Au milieu du repas, Maman s'est levée de table parce qu'elle ne se sentait pas bien et elle est montée se reposer dans sa chambre. Papa est allé la voir et il est revenu en disant qu'elle avait mal au cœur. Je suis monté voir Maman et elle était en train de vomir ses escargots.

Après le repas, Papy a dit qu'il se sentait barbouillé et Mamie lui a répondu que c'était pas étonnant, vu qu'il s'était empiffré d'escargots. Maman était drôlement malade. Tout le monde était fatigué et on a décidé de se coucher. Dans mon lit, j'ai commencé à avoir mal au ventre et à me tortiller. Je me suis précipité aux toilettes mais c'était loin et c'est pas de ma faute si j'ai vomi sur la moquette. Je me sentais vraiment flagada et j'étais étonné que Maman ne me prenne pas ma température. Quand je suis malade, elle prend ma température tous les quarts d'heure, mais là, elle était vraiment trop occupée à vomir ses escargots.

Papy n'était pas en forme non plus et tante Christine avait la nausée. Bientôt, on était quatre à vomir pour deux W.-C. Oncle Pierre a distribué des bassines et il a dit que c'était une épidémie de gastro-entérite et qu'on l'avait sans doute attrapée dans une station-service, mais Papa a répondu que Papy avait pris le train et qu'il était malade aussi ; oncle Pierre a dit qu'il l'avait sûrement attrapé dans le train et Papa a dit qu'il pensait que c'était Éloi qui nous avait contaminés. Oncle Pierre a grogné que c'était impossible parce qu'il était guéri.

Moi, ça m'est égal de savoir comment on l'a attrapée, tout ce que je veux, c'est arrêter de dégueuler et avoir ma console DS Lite noire. Y a intérêt à ce qu'elle soit sous le sapin demain matin, parce que si le Père Noël ne m'a rien apporté d'autre qu'une orange et une gastro-entérite, c'est vraiment une ordure.

C'est nul d'avoir une gastro-entérite le jour de Noël. J'ai mal au ventre et je suis tout blanc. Maman et tante Christine aussi. Papy est carrément vert et Mamie le gronde : elle lui dit que c'est vraiment pas malin de s'être goinfré d'escargots et que c'est bien fait pour lui s'il a une indigestion en plus de sa gastro-entérite. Ceux qui ne sont pas malades préparent le repas de Noël en rigolant et ça énerve ceux qui sont malades de les entendre rigoler et parler de nourriture. Moi, j'attends le déballage des cadeaux. Oncle Pierre a décidé que ce serait après l'apéritif et avant le repas. Il y a une drôle d'odeur dans la maison, ça sent la dinde et le vomi.

Enfin, tante Aline se décide à servir l'apéritif. Elle apporte une bouteille de champagne et distribue des coupes. Elle en propose à Papy et à tante Christine, et Papy répond « Non merci, je vais boire du Coca ». Il est vraiment malade, Papy, c'est bien la première fois que je le vois refuser une coupe de champagne. D'habitude, il finit toujours sa coupe le premier et il s'en ressert une deuxième en se léchant les babines.

Je suis pressé d'avoir ma console Nintendo DS Lite noire, mais il faut encore attendre que les autres aient fini leur champagne. Hélas, ils ne boivent pas aussi vite que Papy, alors je propose « Bon, on déballe les cadeaux apportés par le Père Noël ? » (je suis obligé de faire semblant d'y croire à cause d'Éloi). Mais tante Marion me répond qu'on va d'abord faire un petit concert de Noël et elle va chercher les instruments

(un violon et des flûtes genre clarinettes traversières à bec) et les donne à Lucie, Jade et Lola. Elles commencent à jouer « Petit Papa Noël » au violon et à la flûte et ça m'explose les oreilles tellement c'est faux. J'ai l'impression d'avoir des ronces dans le ventre et cette musique me file mal au cœur. Heureusement, ça se termine et j'applaudis très fort en m'approchant du sapin mais tante Marion propose aux filles de jouer « Mon beau sapin » et c'est reparti, le violon super aigu qui me tue les oreilles, alors je décide d'aller aux toilettes en attendant la fin du morceau. Je tire la chasse plusieurs fois pour couvrir le bruit du violon et enfin ça s'arrête. Je sors des toilettes mais mes cousines se remettent à jouer « Douce Nuit » et j'ai envie de pleurer parce que c'est sadique de me faire attendre encore ma console chérie que je rêve d'avoir depuis des mois.

À la fin du morceau, oncle Pierre dit « Bravo ! » et il prend les instruments et les range dans leurs boîtes avant que tante Marion demande aux filles de jouer « Il est né le divin enfant ». Ouf ! Je me précipite sous le sapin et je cherche le cadeau qui porte mon nom et je ne trouve rien à part un truc rond qui a une forme de balle de tennis. J'ai le cœur qui bat quand je déchire le papier parce que je crois savoir ce que c'est, mais je me dis que c'est impossible que Papa et Maman m'aient fait un coup pareil. Et si, c'est bien une orange, alors je me mets à pleurer comme une madeleine et Papa rigole et me tend un

autre paquet. Maman le gronde en lui disant que c'est pas drôle ; je le déballe et c'est ma console DS Lite, sauf qu'elle est blanche au lieu d'être noire. Et j'ai aussi des disquettes de jeu Pokemon et des BD de Dragon Ball Z.

Je suis content, pourtant je n'arrive pas à m'arrêter de pleurer parce que je suis épuisé par le voyage, la gastro-entérite et le violon. Il y a plein de papiers cadeaux par terre. Éloi a eu une montagne de jouets mais il préfère s'amuser avec les papiers. Les filles se montrent leurs valises de maquillage, Delphine essaye son nouveau petit portable à clapet, Romain tripote son i-Pod Nano (le même que celui de Delphine, mais rouge). Les adultes passent à table et commencent à manger du foie gras. Les malades (tante Christine, Maman, Papy et moi) sont assis en brochette dans le canapé. Papy regarde passer les assiettes et il est encore plus vert que tout à l'heure.

Moi, je me sens tout barbouillé, alors je préfère ne pas jouer avec ma console tout de suite, parce que j'ai peur de dégobiller dessus.

Je vais vomir, joyeux Noël !

Le lendemain de Noël, Jade, Lola et oncle Bertrand étaient eux aussi attaqués par la gastro-entérite. J'ai demandé à Papa et Maman s'ils n'en avaient pas marre de cette ambiance de vomi. Ils ne m'ont pas répondu mais Papa a décidé qu'on allait repartir plus tôt que prévu. J'ai crié « Chouette ! » et oncle Pierre a froncé les sourcils.

Maman a rangé tous les bagages et Papa a encore râlé pour les caser dans le coffre. On a dit au revoir à tout le monde en faisant des signes avec la main pour s'envoyer des baisers parce qu'il valait mieux ne pas embrasser les contaminés. Maman a remercié Pierre de nous avoir si bien reçus et moi j'ai dit pour rigoler « Merci pour la gastro-entérite ! » mais ça n'a fait rire personne.

Je ne vous raconte pas le trajet du retour, c'était exactement comme à l'aller : archi long et hyper pénible.

On est rentrés à la maison. Monica était contente de nous revoir (on l'avait laissée aux voisins) et j'étais content de retrouver ma chambre. Maintenant, je passe toutes mes journées à jouer sur ma belle Nintendo DS Lite blanche et ça énerve Maman qui me dit qu'il faut savoir doser et que ça va me rendre fou de ne faire que pianoter sur cette sale console. Elle menace même de me la confisquer si je continue comme ça. Moi je dis que donner c'est donner, reprendre, c'est voler. Ça se fait pas de confisquer un cadeau de Noël.

Dans cinq jours, ce sera une nouvelle année. À mon avis, c'est plutôt à la rentrée de septembre qu'on change d'année. Je ne vois pas pourquoi on fait tout un foin comme ça à chaque 1er janvier. Les parents parlent des bonnes résolutions. Maman dit à Papa qu'il devrait arrêter de fumer et Papa dit à Maman qu'elle devrait arrêter de râler. Il dit aussi à Romain qu'il doit mettre les bouchées doubles au lycée. Même à la télé, on parle des bonnes résolutions de la nouvelle année. Je trouve que George Bush pourrait prendre la bonne résolution d'arrêter de faire des gaz. Mais il ne le fait pas. En fait, rien ne change. C'est pas parce qu'on est le 1er janvier que Dieu ou le Père Noël donne un coup de baguette magique sur la planète et dans la cour de récré.

George Bush va continuer à faire des gaz, Papa à perdre ses cheveux, Ryan à traverser la cour comme un taureau, Monica

à courir les matous et Nini à grandir. Moi aussi, je vais grandir.
Quand je serai une star et que je m'appellerai Brad, je serai
gentil avec les gens ordinaires, je donnerai de l'argent aux
clochards, je pardonnerai à ma famille d'être un peu nulle,
j'achèterai des cheveux à Papa (il paraît qu'on peut se faire
arracher des cheveux à l'arrière du crâne pour les replanter
devant, mais ça coûte cher). Et je ferai ce que je veux quand
je veux. J'aurai un ordinateur pour moi tout seul, une télé
dans ma chambre, plein de chatons qui grimperont aux
rideaux, et pas de patron.
Voilà.

Du même auteur